NOTRE HÉROS DÉFIGURÉ

suivi de

L'OISEAU AUX AILES D'OR

et de

L'HIVER, CETTE ANNÉE-LÀ

COÉDITION ACTES SUD – LABOR – L'AIRE
Editorial : Sabine Wespieser

Titre original :
Uritŭlŭi ilkŭrŏjin yongung, 1987
Kumsijo, 1982
Kŭhae kyŏul, 1979

ISBN 2-7427-0038-2

Illustration de couverture :
William Degouve de Nuncques
L'Enfant au hibou (détail), 1892

YI MUNYŎL

NOTRE HÉROS DÉFIGURÉ

L'OISEAU AUX AILES D'OR

L'HIVER, CETTE ANNÉE-LÀ

romans traduits du coréen par Ch'oe Yun et Patrick Maurus

Lecture de Michel Polac

BABEL

NOTRE HÉROS DÉFIGURÉ

Tout cela remonte à presque trente années maintenant, mais chaque fois que je repense au combat pénible et solitaire que je dus mener du printemps à l'automne de cette année-là, je retombe dans la même affliction et la même détresse qu'à l'époque. D'une façon ou d'une autre, nous sommes sans cesse empêtrés dans ce genre de lutte, mais si j'éprouve toujours un tel sentiment, c'est sans doute parce que, aujourd'hui encore, je ne m'en suis pas vraiment sorti.

Vers la mi-mars de cette année-là, à l'époque où le parti libéral s'accrochait encore au pouvoir, je quittai l'établissement de qualité où j'étais inscrit à Séoul pour l'école tout à fait quelconque d'une petite ville de province. Toute ma famille déménagea parce que mon père, en tant que fonctionnaire, avait été victime d'un conflit politique interne. Je venais à peine d'entrer en cinquième année.

En arrivant à l'école primaire Y., le premier jour, je fus extrêmement déçu, pour diverses raisons. A mes yeux, habitués à des immeubles neufs, disposés autour des trois étages en briques d'un bâtiment principal, cette construction de style japonais, ces murs en plâtre et ces quelques classes aux tableaux en goudron délabrés parurent indescriptiblement miteux. Ils provoquèrent en moi la déception mélodramatique que doit ressentir un jeune prince détrôné. Mis à part les questions de dimension et de qualité, il est possible que le seul fait de venir d'une école où il y avait seize classes par niveau m'ait fait regarder avec un dédain hautain une école qui en comptait à peine six. Et, comparées aux classes mixtes, les classes pour garçons et pour filles, bien séparées, me semblèrent très provinciales.

La salle des maîtres vint confirmer cette première impression. Celle de l'école d'où je venais, comme celles des meilleurs établissements de Séoul, était vaste et brillante. Tous les maîtres étaient soignés et pleins de vie. Mais celle-là était tout juste de la taille d'une classe, et les enseignants y fumaient comme des cheminées, à la manière des paysans, assis, mornes, minables et anonymes.

Le maître responsable, reconnaissant ma mère, vint vers nous. Lui non plus ne correspondait pas à mon attente. Sans aller jusqu'à demander une maîtresse aimable et jolie, je pensais au moins avoir un enseignant stylé, doux et attentif. Mais les taches d'alcool de riz sur sa veste me prouvèrent d'emblée qu'il n'était pas à la hauteur. Ses cheveux étaient ébouriffés : il ne devait pas s'être servi d'un peigne, encore moins d'un produit de toilette quelconque. Il y avait peu de chances qu'il se soit passé de l'eau sur le visage ce matin-là, et son attitude laissait à penser qu'il n'écoutait pas vraiment ce que lui disait ma mère. A franchement parler, j'étais terriblement déçu que ce soit là mon nouveau maître. J'eus peut-être alors le pressentiment de la malchance qui allait s'abattre sur moi toute l'année à venir.

Cette malchance se manifesta d'ailleurs peu après, quand je fus présenté à la classe.

— Voici le nouveau, Han Pyongt'ae. J'espère que vous vous entendrez bien.

Après ces quelques mots, le maître me fit asseoir à une place vide au fond de la classe, et passa au travail du jour. En pensant aux attentions des enseignants de Séoul, qui faisaient invariablement durer les présentations, au point d'en créer de la gêne, je ne pus dissimuler ma déception. Il n'avait certes pas à m'accueillir avec tambours et trompettes, mais il aurait pu, par exemple, dire aux autres élèves ce que j'avais fait. Cela m'aurait aidé, du moins je le croyais, dans mon premier contact avec les autres.

Deux choses méritaient pourtant d'être mentionnées : d'abord mon travail. Je n'avais pas souvent été premier, mais, dans une excellente école de Séoul, je faisais tout de même partie des cinq meilleurs. J'en étais assez fier. Cela avait joué un rôle certain dans l'établissement de bonnes relations non seulement avec mes maîtres, mais aussi avec les autres enfants. Par ailleurs, j'étais aussi très bon en dessin. Manifestement pas assez pour gagner un concours national pour enfants, mais suffisamment pour en remporter quelques-uns au niveau de la capitale. Je suppose que ma mère avait insisté sur mes bons résultats et mon talent artistique, mais le maître n'en avait absolument pas tenu compte. La situation de mon père aurait aussi pu éventuellement me servir. Qu'importe s'il avait subi un sérieux revers à Séoul, suffisamment sérieux pour le faire reléguer en province, il était tout de même appelé à devenir l'une des principales personnalités de cette petite ville.

Malheureusement, les enfants s'avérèrent semblables au maître. A Séoul, quand un nouveau arrivait, les autres élèves profitaient de la première récréation pour l'entourer et lui poser des questions comme : *Est-ce que t'es bon élève ? T'es fort ? T'as les moyens ?* enfin des questions dans ce genre-là, ce qu'on pourrait appeler réunir les renseignements nécessaires à la prise de contact. Mais mes nouveaux camarades de classe, comme mon nouveau maître, ne s'intéressèrent pas à tout ça. A la récréation, ils restèrent à distance, me lançant des regards à la dérobée, et quand enfin, à l'heure du déjeuner, quelques-uns s'approchèrent, ce fut pour me demander des trucs comme : *T'as déjà pris le tramway ? T'as vu la Grande Porte du Sud ?* En fait, il n'y eut que mon matériel scolaire pour les attirer ou les impressionner : il était de qualité, et j'étais le seul à en posséder un pareil.

Mais, presque trente années plus tard, ce qui fait que cette journée reste à ce point gravée dans ma mémoire, c'est la rencontre de Om Sokdae.

Alors que les autres enfants m'entouraient dans la classe pour me poser des questions sans intérêt, j'entendis tout à coup une voix assez basse :

— De l'air, vous tous !

C'était une voix suffisamment adulte pour que je me demande un instant si le maître n'était pas revenu. Les enfants sursautèrent et reculèrent brusquement. Moi aussi, j'avais été pris par surprise. Je me retournai alors et vis un garçon assis à un pupitre au fond de la classe. Il était solidement campé là et nous regardait avec un air imposant.

Nous n'avions été ensemble en classe qu'une seule heure, et cependant je l'avais déjà repéré. A la façon dont il avait crié : *Attention ! Saluez !* quand le maître était entré, j'avais conclu que ce devait être le chef de classe. Mais ce qui m'avait fait le repérer parmi une soixantaine d'enfants, à peu près tous de la même taille, ne tenait pas tant à son rôle de chef de classe qu'au fait que, même assis, il faisait une tête de plus que tous les autres, et que ses yeux semblaient vous transpercer.

— Tu as bien dit que tu t'appelais Han Pyongt'ae, hein ? Viens ici !

Il avait à nouveau parlé avec cette voix basse et ferme. Ce fut tout. Il n'avait pas bougé le petit doigt et moi j'étais déjà presque sur le point de me lever, subjugué par son regard étrange.

Mais quelque chose me poussa à résister, avec cette férocité que j'avais apprise en vivant à la capitale. C'est le premier combat – cette conviction se grava soudain en moi – et je décidai de mener ce combat jusqu'à son terme. Je me dis que si je me comportais comme une proie facile dès la première escarmouche, ma vie dans cette école ne serait pas facile. Mais ma réaction tenait aussi à une curieuse défiance devant l'obéissance déconcertante et quasi absolue des autres élèves.

Je lui demandai avec méfiance, retenant ma respiration :

— Qu'est-ce que tu veux ?

Il ricana dédaigneusement, et dit :

— Je veux te demander quelque chose.

— Si tu as quelque chose à me demander, viens ici.

— Quoi ?

Un instant, son regard devint méchant, puis il ricana à nouveau, comme pour signifier : *On aura tout entendu.* Il n'ajouta rien, mais ses yeux s'attardèrent sur moi avec une telle intensité qu'il me fut difficile de soutenir son regard. Je m'étais trop engagé. Je me dis que c'était une sorte de combat, et je rassemblai mes forces. Deux des plus grands élèves assis à ses côtés se levèrent et s'approchèrent de moi.

— Lève-toi !

Ils avaient tous deux l'air furieux, et semblaient prêts à fondre sur moi. Et, quoi que je puisse envisager, je n'aurais en aucun cas fait le poids. D'un seul coup, je fus mis sur mes pieds. L'un des deux m'attrapa le col et cria :

— Om Sokdae t'a appelé ! C'est le chef de classe !

C'était la première fois que j'entendais son nom. Il se grava dans ma mémoire dès cet instant, peut-être en raison du ton de voix étrange du garçon qui l'avait prononcé. C'était comme s'il avait nommé quelqu'un de très important ou de très noble, comme si seuls convenaient respect et obéissance.

Je me figeai à nouveau, mais il n'était pas question de baisser les bras :

— Qui êtes-vous, les gars ?

— Moi, je suis chargé du sport, et, lui, il s'occupe du ménage de la classe.

— Bon, et alors ?

— Om Sokdae, notre chef de classe... il t'a pas appelé ?

A entendre pour la deuxième fois que son nom était Om Sokdae, qu'il était chef de classe, et que, pour cette raison, je devais m'avancer et attendre ses ordres, je commençai à me sentir intimidé.

Mon expérience des chefs de classe de Séoul m'avait montré qu'une telle fonction n'avait rien à voir avec la force physique. Ils étaient quelquefois nommés parce qu'ils appartenaient à des familles riches, ou parce qu'ils étaient forts en gym, mais, en général, le chef de classe et son adjoint étaient choisis en fonction de leurs résultats scolaires. Mis à part le prestige que ce poste conférait, leur rôle se limitait à servir de messagers entre nous et le maître. Et dans les rares cas où ils étaient physiquement supérieurs, ça ne leur servait pratiquement jamais contre les autres, ni pour imposer des tâches serviles. Ce n'était pas en vue des élections suivantes, mais simplement parce que les enfants ne l'auraient pas toléré. Ce jour-là pourtant, je rencontrai un tout nouveau type de chef de classe.

— Il suffit qu'il appelle, c'est ça ? Il faut accourir et attendre ses ordres ? demandai-je, faisant une dernière tentative, avec la détermination d'un véritable Séoulite.

Je ne pouvais pas comprendre ce qui arriva ensuite. Les mots étaient à peine sortis de ma bouche que les autres élèves éclatèrent de rire. Plus de cinquante enfants s'esclaffèrent, y compris les deux qui s'en étaient pris à moi et Om Sokdae, comme si je venais de dire quelque chose de particulièrement stupide. J'étais totalement perdu. Puis, au moment où je reprenais tout juste assez le contrôle de moi-même pour me demander ce qui avait bien pu provoquer une telle hilarité, le garçon qui s'occupait du ménage étouffa son rire et demanda :

— Tu veux dire que t'obéis pas quand le chef de classe t'appelle ? De quelle sorte d'école tu viens ? Où c'était ? Y avait pas de chef de classe ?

Comment expliquer la brusque déviation dérisoire de l'esprit dont je fus victime à cet instant précis ? J'eus alors le sentiment de très mal agir, de tenir tête au maître qui m'avait appelé.

Il est probable que, accablé par cette hilarité générale et interminable, mon esprit donna forme à une illusion qui allait me permettre de justifier ma sujétion.

Tandis que je m'approchais avec hésitation de Om Sokdae, son rire bruyant se changea en sourire accueillant.

— C'est si difficile que ça de venir une minute ?

Sa voix était différente, comme teintée d'affection. Je fus tellement touché par sa douceur que je m'inclinai presque. Mais j'étais toujours retenu par une certaine méfiance, et, quoiqu'elle ait perdu de sa force, elle m'empêcha de faire une chose à ce point dépourvue de dignité.

Cependant Om Sokdae était vraiment quelqu'un de différent. En quelques instants, il n'avait pas seulement fait s'évanouir l'impression que je pouvais ressentir d'avoir été conduit vers lui contre ma volonté, mais il m'avait libéré de la déception que le maître avait provoquée.

— De quelle école de Séoul t'as dit que tu venais ? C'était une grande ? Une bonne, j'imagine ? La nôtre est pas comparable, hein ?

Avec ces questions, il me fournissait l'occasion de me vanter de mon école de Séoul : je pus lui dire qu'il y avait plus de vingt classes de troisième année, que l'école existait depuis plus de soixante ans, et qu'à l'examen d'entrée de cette année plus de quatre-vingt-dix élèves avaient été admis au collège Kyonggi.

— Qu'est-ce que t'avais comme notes ? T'étais classé comment ? T'étais bon en quoi ? me demanda-t-il, me donnant l'occasion de me faire valoir avec le premier prix de coréen que j'avais gagné en quatrième année (notre école délivrait déjà des prix dans chaque matière) et celui de dessin que j'avais remporté l'année d'avant au palais Kyongbok.

Ce ne fut pas tout. C'était presque comme si Sokdae pouvait lire dans mon cœur. Il m'interrogea sur mon père et sur ma famille. Et je me retrouvai, sans avoir besoin de jouer les importants, à expliquer aux autres que mon père était le numéro deux de l'administration locale, que nous vivions confortablement, que nous avions la radio et trois horloges, y compris la pendule du mur.

— C'est bien ça... Voyons...

Sokdae croisa ses bras comme un adulte, me donnant l'impression qu'il avait quelque chose en tête. Il désigna un pupitre en face du sien.

— Tu t'assieds là. C'est ta place.

Cet ordre inattendu me réveilla un peu.

— Le maître m'a dit de m'asseoir là, dis-je, me souvenant de la façon dont les choses se faisaient à Séoul, mais sans toutefois faire preuve du même esprit combatif qu'un instant auparavant.

Sokdae fit comme s'il n'avait pas entendu.

— Hé, Kim Yongsu, change de place avec Han Pyongt'ae !

Sur l'ordre de Sokdae, le garçon rassembla ses affaires dans son sac, sans dire un mot. L'obéissance absolue de cet élève me sidéra une fois de plus. J'hésitai un instant, voulant ainsi tout de même exprimer mon désaccord, puis je finis par changer de place.

Deux autres choses confondirent mon imagination ce jour-là. L'une survint à l'heure du déjeuner. Dès la fin de notre conversation, Sokdae posa son casse-croûte sur son pupitre. Ce fut le signal pour chacun d'ouvrir sa boîte. Cinq ou six élèves s'avancèrent pour porter des choses à Sokdae. Parmi les aliments qu'ils posèrent sur son pupitre, il y avait des patates douces cuites à la vapeur, des œufs, des cacahuètes grillées, des pommes et d'autres choses de ce genre. Puis un garçon du premier rang fit couler un peu d'eau dans une tasse de porcelaine et la plaça devant lui avec respect. Chacun se conduisait comme avec le maître un jour de pique-nique. Sokdae acceptait tout sans le moindre mot de remerciement. Le maximum qu'il fit, ce fut d'esquisser un sourire à l'adresse du garçon qui lui avait apporté les œufs.

Le deuxième événement survint pendant la récréation, après le quatrième cours. Deux garçons près de moi commencèrent à se battre et l'un d'entre eux saigna du nez. Les élèves qui regardaient vinrent directement trouver Sokdae. C'était exactement comme quand les garçons de Séoul allaient auprès du maître dès qu'ils se trouvaient devant un problème qu'ils ne pouvaient résoudre seuls. D'ailleurs, la façon dont il s'occupa du problème dès qu'il en fut averti ne fut pas vraiment différente de celle d'un maître. Il boucha le nez du garçon qui saignait avec un tampon de coton pris dans la boîte de secours. Puis il lui fit tenir sa tête en arrière. Il gifla à plusieurs reprises le coupable et le fit s'agenouiller sur l'estrade, les bras levés. Les deux garçons obéirent à Sokdae, comme si ses ordres étaient parfaitement normaux. Plus étonnante encore fut l'attitude du maître quand il rentra pour le cours. Après avoir écouté calmement le rapport de Sokdae, il prit la badine qui servait à battre le chiffon à poussière et donna plusieurs coups violents sur les paumes du coupable, s'associant de cette façon avec force, bien plus efficacement qu'avec des mots, à ce qui me semblait un comportement scandaleux de la part de Sokdae.

De retour à la maison après la classe, je me mis à réfléchir très soigneusement à cette situation nouvelle. Je nageais dans une confusion faite d'une certaine paralysie intellectuelle, provoquée par une immersion soudaine dans un environnement étrange, et du sentiment d'être menacé par le poids et la solidité de cet environnement. Tout cela était si embrouillé que je ne pouvais réfléchir.

Bien sûr, à douze ans, on fait souvent preuve d'une innocence enfantine, et les souvenirs encore vifs de cette journée me paralysaient un peu, brouillant mes idées, mais j'eus le sentiment de ne pouvoir me faire à cette nouvelle situation. Ce qui s'était passé allait à l'encontre des principes dans lesquels j'avais été élevé, la raison et la liberté, pour utiliser des mots d'adultes. Je n'avais pas encore subi le choc principal, mais j'avais déjà un peu plus que le vague pressentiment de la violence et de l'irrationalité de ce que j'allais avoir à endurer après m'être soumis à cette nouvelle situation. On aurait dit qu'un plan préconçu et horrible se mettait en place.

Néanmoins, l'idée de résister ouvrait des perspectives particulièrement lugubres. Savoir par où commencer, contre qui me battre, et comment mener le combat, tout cela était obscur. Ma seule certitude, c'était que quelque chose allait de travers, qu'il y avait une énorme injustice fondée sur l'irrationalité et la violence, pour utiliser encore des mots d'adultes. Cela aurait été attendre trop de moi que je fasse alors preuve d'une compréhension concrète ou que je puisse fournir une réponse concrète. Pour dire la vérité, même à près de quarante ans, je ne sais pas trop comment faire dans ce genre de situation.

Comme je n'avais pas de frère, je fus conduit à parler de Sokdae à mon père. Je voulais lui raconter tout ce que j'avais eu à subir et lui demander des conseils pour l'avenir. Mais il eut une réaction inattendue. J'avais à peine fini de décrire le comportement étrange du chef de classe et j'allais l'interroger afin d'obtenir son opinion quand il dit, d'une voix pleine d'étonnement :

— C'est vraiment quelqu'un, ce garçon ! Tu as dit qu'il s'appelait... Om Sokdae, n'est-ce pas ? S'il est déjà comme ça à son âge, il fera certainement de grandes choses !

De toute évidence, il n'y avait pour mon père aucune injustice dans toute cette histoire. Me mettant en colère, je lui parlai du système employé à Séoul. Je lui décrivis le mode d'élection de nos chefs de classe, et l'étendue de nos libertés. Mais mon père sembla interpréter mon attachement à la raison et à la liberté comme autant de signes de faiblesse.

— Quel pleutre tu fais ! Pourquoi dois-tu toujours te cacher dans la foule ? Et pourquoi tu ne deviendrais pas chef de classe ? Réfléchis un petit peu à ce que ça serait... Au moins, tu comprendrais ce qu'un chef de classe doit faire !

Il entreprit de me convaincre d'ambitionner cette place, celle de Sokdae, et de ne pas me tracasser pour la situation de la classe, le système qui en était la cause et son mauvais fonctionnement.

Pauvre papa ! Ce n'est que maintenant que je crois commencer à le comprendre : il faisait alors l'expérience du goût amer de l'humiliation, du sentiment d'impuissance, une fois devenu simple chef du bureau local des affaires courantes, après avoir occupé un poste en or à l'administration centrale. Il avait été victime d'un patron trop zélé, parce qu'il était resté à son bureau, omettant de se précipiter pour accueillir le ministre lors d'une inspection. Il devait avoir une plus grande soif de pouvoir qu'à toute autre époque de sa vie. Mais il avait toujours été raisonnable, au point de réprimander sévèrement ma mère qui avait souvent confondu ma vivacité avec le fait que je frappais mes camarades.

Néanmoins, comme je ne pouvais pas tout connaître de son passé à cette époque-là, son attitude me laissa complètement désorienté. Après mon maître d'école, il était celui qui avait le plus d'influence quand je cherchais à me forger une opinion sur quelque chose. Sa réaction ne fit donc qu'accroître ma confusion. Loin d'en tirer une leçon me permettant de faire bonne figure dans ce combat, je me retrouvai plus indécis encore devant l'injustice dont la réalité allait rendre mon combat inéluctable.

En dépit de cela, j'écoutai attentivement ce que disait mon père. Dès que j'arrivai à l'école le lendemain, je commençai à étudier les différentes possibilités. L'avis de mon père était toutefois impossible à suivre. Contrairement à ce qui se passait à Séoul, où le chef de classe était élu chaque semestre, on m'avait dit qu'il n'y aurait pas d'élection avant le printemps suivant. Et il était impossible de savoir quelle serait la composition de la classe à ce moment-là. Si je me préparais à une élection, il n'y avait aucune chance que quelqu'un comme moi, tout juste parachuté dans le cinquième niveau, puisse la gagner. Et même si cela était possible, la seule pensée des humiliations que les autres enfants et moi-même aurions à subir entre-temps était un cauchemar : Om Sokdae n'attendrait pas que je sois fin prêt.

La petite friction du premier jour, même si elle s'était achevée sur une reddition de ma part, avait dû laisser une profonde impression sur Sokdae. Elle l'avait sans aucun doute mis sur ses gardes. Peut-être n'était-il pas convaincu que sa victoire du premier jour était complète et voulut-il pousser son avantage le lendemain. Une fois encore à l'heure du déjeuner. Je venais juste d'entamer mon casse-croûte, quand un des élèves du premier rang se retourna pour me dire :

— C'est ton tour aujourd'hui. Va chercher une tasse d'eau pour Om Sokdae. Tu pourras manger après.

— Quoi ?

Sans y prendre garde, j'avais élevé la voix. Quelque peu décontenancé, il jeta un coup d'œil en direction de Sokdae, puis rétorqua en ricanant :

— T'es sourd ou quoi ? Une tasse d'eau ! Faut bien que notre chef de classe il puisse digérer, non ? C'est ton tour d'y aller !

— Et qui a décidé ça ? Pourquoi on devrait aller chercher de l'eau pour le chef de classe ? C'est un professeur ou quoi ? Il n'a pas de mains et pas de pieds ?

Je fis face bruyamment, complètement outré. A Séoul, une telle commission aurait été ressentie comme une terrible insulte. Il me fallut une grande volonté pour ne pas éclater en injures. Ma violence fit hésiter l'élève. Soudain, la voix déjà familière de Om Sokdae retentit dans mon dos avec une intonation menaçante :

— Hé, Han Pyongt'ae, boucle-la et va chercher de l'eau !

— Non, je n'irai pas.

Je lui opposai ainsi un refus absolu. J'étais tellement en colère que je ne l'avais même pas vu. Il referma violemment le couvercle de sa boîte et vint vers moi, le visage courroucé.

— Il va falloir que je m'occupe de toi, mon petit salaud, cria-t-il d'une voix menaçante, le poing levé et les yeux noyés de colère. Debout ! Va immédiatement me chercher de l'eau.

Il semblait décidé à me forcer à obéir. Effrayé par cette soudaine explosion de colère – il me semblait que l'un de ses poings pouvait me frapper à tout instant – je me levai d'un seul coup. Mais je ne pouvais vraiment pas m'acquitter de cette commission. J'hésitai, puis une idée me vint.

— D'accord. Mais je vais simplement demander d'abord au maître. Ensuite j'irai te chercher de l'eau. Je lui demanderai s'il est normal qu'un camarade de classe aille chercher de l'eau pour le chef de classe.

A peine avais-je fini que je m'éloignai. Je jouais le tout pour le tout sur le sentiment qu'il faisait très attention à donner une bonne image de lui au maître. L'effet fut immédiat, ce qui m'étonna moi-même. Je n'avais pas fait trois pas qu'il cria :

— Stop !

Et il ajouta, dans un rugissement :

— C'est bon. Laisse tomber. Je n'ai pas besoin d'eau d'un petit salaud dans ton genre.

A première vue, cela ressemblait à une victoire. Mais, en vérité, c'était le début d'un long et pénible combat qui devait durer six mois.

En fait, comme Sokdae dirigeait la classe depuis un an sans réelle opposition, mon attitude avait dû paraître vexante et provocante. Elle avait certainement été interprétée comme plus que de la résistance : un véritable défi. De plus, il était suffisamment fort dans tous les domaines pour pouvoir m'écraser, s'il le voulait. Je veux dire par là qu'il disposait à la fois du pouvoir légitime que lui avait conféré le maître et du meilleur poing de toute l'école.

Mais, loin de brandir le poing, il ne manifesta aucune hostilité à mon égard. L'autorité qu'il tenait du maître, pour vérifier les devoirs ou distribuer les corvées de nettoyage, il ne s'en servit pas contre moi. A y repenser, il fit alors preuve d'un bien étrange sang-froid, d'une rigueur tout à fait inattendue de la part d'un enfant.

Les persécutions et discriminations vinrent toujours de loin. Les bagarres furent déclenchées, sous de bien futiles prétextes, par des élèves qui ne semblaient pas du tout liés à Sokdae. Et quand toute la classe se moquait de moi ou me faisait passer un sale quart d'heure, il n'était jamais là. Et il en allait de même lorsqu'ils m'excluaient de leurs jeux, manifestaient une hostilité gratuite, ou quand un groupe qui jacassait bruyamment se taisait dès que je m'approchais. Sokdae était manifestement derrière tout cela, mais il n'était jamais dans les parages. Et puis il y avait la question des informations, sans doute négligeable pour un adulte, mais très importante pour des enfants. Ainsi quand le colporteur apparaissait, quand le cirque plantait sa tente, quand un combat de taureaux était annoncé, quand le centre culturel passait un film gratuit sur la rive du fleuve, j'étais toujours tenu à l'écart. Sans pouvoir clairement établir un lien entre cette situation et Sokdae.

En fait, quand j'avais affaire à Sokdae, c'est qu'il intervenait pour régler un problème. Quand j'étais aux prises avec quelqu'un qui me cherchait, et contre lequel je n'aurais pas fait le poids de toute façon, c'est Sokdae qui intervenait pour empêcher la bagarre. Et c'est encore grâce à lui qu'après un long isolement je fus admis à participer aux jeux collectifs.

Néanmoins, le sang-froid et la rigueur quasi cliniques de Sokdae n'avaient d'équivalent que l'acuité de ma compréhension de ce qui se passait. Dès le début, j'avais perçu intuitivement le lien invisible qui guidait la persécution.

J'eus la prémonition lucide que tout cela était un sale coup destiné à me faire rentrer dans le rang. Par conséquent, loin de m'arracher des remerciements, ses bienfaits me faisaient vibrer de honte. A chaque occasion, le feu de la haine dévorait plus encore mon cœur et me donnait la force de supporter le long et difficile combat à venir.

S'agissant de combat, est-il besoin de le dire, la victoire à laquelle peut aspirer un gamin de douze ans est celle que procure la force. Mais, dans ma confrontation avec Sokdae, il n'avait jamais été question de cela, depuis le premier jour. Il avait une tête de plus que moi, et sa force était comparativement plus grande. D'après ce que j'avais entendu dire, sa date de naissance était fausse. Il avait beau être dans la même classe que nous, il avait deux ou trois années de plus. Et il était sans rival lorsqu'il s'agissait de se battre. En quatrième année de l'école primaire, il était déjà suffisamment rapide et intrépide pour corriger un collégien.

Par conséquent, la première chose que j'avais à faire était d'enfoncer un coin entre lui et les autres élèves, qui étaient tous de son côté. Il y en avait en particulier trois ou quatre, de la même taille, au fond de la classe, et je me concentrai sur eux, me figurant que si je pouvais enfoncer un coin là, je serais à même, avec leur aide, d'engager la partie contre Sokdae.

C'est donc là que je fis porter tous mes efforts. Négligeant les remontrances de ma mère à propos de mes trop grandes dépenses d'argent de poche, je m'arrangeai pour acheter provisoirement leurs faveurs, mais mes tentatives pour créer une faille entre eux et Sokdae échouèrent chaque fois. Les choses allaient d'abord à peu près bien, et je pensais avoir un peu progressé. Cependant dès que je disais quelque chose qui était destiné à les dresser contre Sokdae, leurs visages se fermaient inévitablement, et, invariablement, ils m'évitaient le jour suivant. Ils semblaient éprouver une terreur instinctive devant Sokdae.

Néanmoins, quand j'y repense, mes échecs étaient dus autant à mes erreurs qu'à ses qualités de chef. Même dans un esprit d'enfant, il doit y avoir quelque chose qui ressemble à l'aspiration des adultes à la justice et la liberté. Mais, au lieu d'essayer d'éveiller ces garçons à une grande cause ou de les persuader de la soutenir, je me laissais dominer par mes sentiments personnels et mon tempérament emporté, en tentant d'obtenir un gain immédiat. Et j'y avais ajouté cette tromperie basse et sournoise qui accompagne souvent l'agitation des adultes.

C'est dans le domaine des études, domaine dans lequel j'étais très confiant, que je subis ma plus lourde défaite. Au début, j'avais pensé rabaisser Sokdae grâce à mes notes d'examen. Pendant un mois, j'eus en tête la composition de la mi-avril : c'était une occasion en or.

J'avais mes raisons pour être confiant dans ce domaine au moins. La différence considérable entre mon école de Séoul et celle-là me donnait à penser qu'il me serait facile de prendre la première place, d'autant plus que Sokdae ne semblait pas travailler beaucoup. Aujourd'hui encore, j'ai l'habitude de classer les gens en deux catégories : ceux qui se servent de leur esprit, et ceux qui se servent de leur corps. En général, ça marche. C'est peut-être depuis cette histoire que l'habitude m'en est venue.

J'attendis la composition, comptant calmement les jours, mais les résultats ne furent pas ceux que je pensais. A ma grande surprise, Sokdae obtint une moyenne de 98,5, terminant non seulement premier de notre classe, mais aussi de toutes les cinquièmes. Avec mon 92,6, je terminai difficilement deuxième de notre classe, ne figurant pas même parmi les dix premiers de toutes les cinquièmes. L'écart était moins grand en termes de points qu'en termes de poings, mais je n'étais vraiment pas de force à lutter contre lui. La différence était telle qu'elle interdisait de la trouver étrange ou de se mettre en colère.

Je continuai néanmoins ce combat sans espoir, emporté par un zèle aussi sombre que bizarre, que je comprenais mal moi-même. Je ne pouvais compter ni sur ma force, ni sur les coups bas, ni sur les études. Je me tournai donc vers les faiblesses de Sokdae, car j'étais sûr qu'il s'était servi des autres. Je mis en œuvre très vite cette stratégie dont les adultes se servent quand tout le reste a échoué : la rumeur.

Je commençai à rechercher les méfaits passés de Sokdae, de façon à pouvoir, en premier lieu, utiliser ces renseignements pour enfoncer un coin entre lui et le maître. Je savais qu'une grande part de son pouvoir venait autant de la confiance que lui témoignait le maître que de ses poings. Cette confiance aveugle, qui lui conférait le pouvoir de distribuer les corvées de nettoyage, de vérifier le travail fait à la maison, et même de distribuer les punitions, donnait un fondement de légitimité à sa violence et lui permettait de régner sans partage. Je ne peux donner d'explication logique, mais je sais que je l'avais clairement senti.

Pourtant, mettre au jour les méfaits de Sokdae n'était pas non plus très aisé. A en juger par l'atmosphère de répression qui régnait dans la classe et par les visages accablés de mes camarades, je me disais qu'il me suffirait de creuser un petit peu et tous ses crimes seraient révélés. Mais je ne réussis pas à trouver quoi que ce soit qui valût la peine d'en parler.

De toute évidence, il frappait et maltraitait les élèves, mais presque toujours en pouvant se prévaloir de l'approbation du maître, et, s'il mangeait leurs casse-croûte et se servait sans contrepartie de leurs affaires, les autres lui donnaient tout gratuitement.

Plus je l'étudiais, et mieux je comprenais les raisons pour lesquelles le maître lui faisait confiance.

Notre classe, sous la baguette de Sokdae, était un modèle pour toute l'école. Ses poings avaient plus d'effets que la discipline superficielle d'un maître de garde ou d'un surveillant pour empêcher les élèves de manger des bonbons ou de violer telle règle insignifiante. Quand il avait la responsabilité du nettoyage, il veillait à ce que notre classe soit la plus propre de l'école, et à ce que notre plate-bande soit toujours impeccable. Quand il avait celle des plantations, nous avions les meilleurs résultats de toute l'école. Les versements obligatoires qu'il nous imposait permettaient à notre classe d'avoir plus de meubles que les autres. Nos murs étaient couverts de cadres très chers. Avec lui comme capitaine, nous gagnions toutes les compétitions. Avec son système de contraventions qui ressemblait au système de contrôle des adultes, il obtenait plus de résultats que les maîtres, et plus vite. Et, quoique ça n'ait pas été très important, ses poings protégeaient tous les élèves de notre classe contre les enfants des autres classes. Cela aussi devait plaire à notre maître.

En dépit de tout cela, je continuai mon combat avec la passion que nourrit tout dessein perfide, et plus désespérées semblaient les perspectives, plus je brûlais de ténacité perverse. Tout mon être était tourné vers Sokdae avec l'espoir de mettre au jour ses méfaits. Même maintenant, je ne comprends pas son attitude à mon égard. Trois mois étaient passés depuis mon arrivée dans cette école, et les autres lui avaient certainement signalé mes tentatives contre lui, mais son attitude n'avait pas varié. Loin de montrer quelque déplaisir, il ne manifesta pas même d'impatience. C'était là une indulgence particulièrement remarquable, que la différence d'âge n'expliquait pas. Sans cette passion qui trouvait sa source dans mon dessein perfide, j'aurais été sans doute déjà à ses genoux.

Mais on a toujours intérêt à attendre. Mon heure finit par sonner. Ce devait être aux environs de la mi-juin, puisque les acacias blancs avaient fleuri sur la digue qui menait à l'école. Yun Pyongjo, de la laverie, avait apporté quelque chose de spécial à l'école, et il s'en vantait devant les autres. C'était un briquet plaqué or, un de ceux qu'on appelait briquets ronds. Il provoqua une certaine agitation et passa de main en main. Sokdae, qui était sorti un instant, l'aperçut dès qu'il rentra. Il s'approcha, tendit la main et dit :

— Laissez-moi voir.

Les élèves, qui riaient jusqu'alors et exprimaient bruyamment leur admiration, firent instantanément silence. Le briquet se retrouva dans les mains de Sokdae. Il l'examina un moment.

— A qui est-ce ? demanda-t-il à Pyongjo, sans manifester quoi que ce soit.

— A mon père, répondit Pyongjo, d'une voix réduite à un murmure. Sokdae baissa aussi un peu la sienne.

— Il te l'a donné ?

— Non, je l'ai juste apporté à l'école.

— Qui sait que tu l'as pris ?

— Personne à part mon frère.

Un léger sourire apparut sur les lèvres de Sokdae, et il se mit à examiner plus attentivement le briquet.

— Ouais, il est beau ! dit-il enfin, tenant fermement l'objet et regardant intensément Pyongjo.

J'avais observé Sokdae dès le début de la scène. Je tendis plus encore l'oreille à ces derniers mots. A force de le regarder faire, je savais qu'en parlant ainsi il voulait dire autre chose que ce qu'on pouvait comprendre. Quand il voulait quelque chose qui appartenait à quelqu'un d'autre, son Ouais, c'est beau ! signifiait qu'il le demandait. En général, ça suffisait pour qu'on le lui donne, mais il arrivait que le garçon hésite et Sokdae disait alors : "Prête-le-moi." Ce qui signifiait naturellement : "Donne-moi ça !" Personne ne pouvait s'y opposer et l'objet atterrissait invariablement dans sa main. Voilà comment il ne prenait jamais rien aux autres : il recevait. Je ne savais pas comment interpréter cette coercition silencieuse ou ces expressions qui signifiaient autre chose que ce qu'elles semblaient être, et je considérais ces donations comme volontaires, mais, aujourd'hui, je m'aperçois qu'elles ne bénéficiaient même pas de l'excuse des apparences.

Comme on pouvait s'y attendre, Pyongjo, au bord des larmes, réagit fermement :

— Rends-le-moi ! Je dois le remettre en place avant le retour de mon père !

— Où il est allé, ton père ? demanda Sokdae, faisant mine de ne pas voir la main tendue de Pyongjo.

— A Séoul, il revient demain.

— Je vois… fit Sokdae, en traînant sur la dernière voyelle et en examinant le briquet une fois de plus. Quelque chose dut lui passer tout à coup dans la tête, et il se retourna vers moi pour me jeter un coup d'œil. Je l'observais, espérant qu'il commette une erreur décisive, mais son regard soudain me fit reculer. Il semblait me dire que ma présence l'agaçait, et son éclat, qui prouvait qu'il était en colère, me fit reculer plus encore. Mais ça ne dura qu'un instant. Avec l'air de celui qui n'est pas concerné, il rendit le briquet :

— Bon, c'est dommage. Je voulais juste te l'emprunter…

Je fus très déçu qu'il le rende si facilement. Ses yeux, qui collaient littéralement au briquet, tandis qu'il le caressait et l'examinait, m'avaient clairement révélé une extraordinaire cupidité. Ma peur s'accrut à la constatation qu'il pouvait si facilement se contrôler et changer d'attitude.

Mais Sokdae lui-même avait ses limites. Sur le chemin du retour, je constatai que Pyongjo était très différent du matin. Il avait l'air ennuyé et, tandis que les autres élèves s'échappaient de l'école en hurlant, il s'était mis à marcher quelques pas derrière eux, les épaules basses. Je crus deviner tout de suite pourquoi.

Nous habitions dans le même quartier, et nous aurions pu rentrer ensemble, mais je décidai de le suivre d'abord à distance, parce que j'imaginai Sokdae nous épiant de quelque cachette. Ce ne fut que lorsque je vis tous les autres enfants s'éparpiller vers les différents quartiers, laissant Pyongjo rentrer seul, traînant les pieds, que j'accélérai le pas. En une seconde, je fus à ses côtés.

— Hé, Yun Pyongjo ! appelai-je.

Il marchait lentement, perdu dans ses pensées. Tiré brutalement de ses rêveries, il se retourna.

— Sokdae t'a pris le briquet, hein ? demandai-je sans détour, sans lui laisser d'échappatoire. Il jeta un coup d'œil rapide autour de nous et me répondit, d'une voix découragée :

— Il me l'a pas vraiment pris… Je le lui ai prêté…

— Ça veut dire qu'il te l'a pris, hein ? Ton père rentre pas demain ?

— Je dirai à mon frère de se taire.

— Tu veux dire que tu voleras le briquet de ton père pour le donner à Sokdae. Il dira rien, ton père, s'il perd un si beau briquet ?

Son visage s'assombrit encore.

— Ça m'inquiète aussi, ça. C'est un cadeau d'un oncle du Japon.

Il avait fini par tout avouer. Et, avec un profond soupir qui n'était pas vraiment celui d'un enfant, il ajouta :

— Qu'est-ce que je peux faire ? Sokdae le veut.

— Tu le lui as prêté, non ? Tu peux reprendre ce que t'as prêté, dis-je en ricanant parce que je lui en voulais de sa résignation trop rapide. Mais, plongé qu'il était dans son inquiétude, il ne comprit pas mon sarcasme. Au contraire, il le prit au pied de la lettre :

— Il me le rendra pas.

— Ah bon ? C'est ça que t'appelles prêter ? Tu veux dire qu'il l'a pris ?

— ...

— Ne sois pas stupide ! Pourquoi tu le dis pas au maître ? C'est quand même mieux que de te faire gronder par ton père, tu crois pas ?

— Je peux pas faire ça !

Sa voix monta soudain. Il secoua la tête pour montrer sa résolution. Une fois de plus, je me heurtais à la psychologie particulière de ces élèves, et elle me restait incompréhensible.

— Il te fait si peur que ça ?

Ça me semblait le moment ou jamais d'établir définitivement ce fait mais je ne réussis qu'à écorcher son orgueil, en pure perte d'ailleurs. Malgré l'éclair bleu dans ses yeux humiliés, il répondit sans hésiter :

— Tu sais rien, alors tu restes en dehors de ça !

Ce ne fut pourtant pas un échec absolu. Pyongjo continua sa route en silence, les lèvres fermées comme un coquillage après ce que je venais de lui dire. Je continuai à le suivre, et j'obtins la certitude que Sokdae lui avait bien pris le briquet, et que cela n'avait rien d'un prêt. C'était important, puisque j'étais justement à la recherche de la preuve d'un de ses forfaits.

Dès que j'arrivai à l'école, le lendemain, je me dirigeai vers la salle des maîtres pour y trouver le nôtre. Sans avoir le sentiment même diffus de commettre une lâcheté, je lui racontai l'histoire de Yun Pyongjo et d'autres, semblables, dont j'avais été le témoin ou dont j'avais entendu parler depuis mon arrivée dans cette école. Mais, bien que je lui eusse offert ainsi un parfait exemple de l'intelligence séoulite, il eut une réaction inattendue.

— Qu'est-ce que c'est que cette histoire ? Tu es sûr de ce que tu dis ?

Je pus lire sur son visage que cette histoire le dérangeait. Contrarié, je me mis toutefois à énumérer les mauvaises actions de Sokdae, purement conjecturales celles-là. Le maître n'eut pas l'air de vouloir en écouter davantage, et il se débarrassa de moi avec un ton qui révélait son irritation :

— Ça va, ça va… Retourne en classe. On verra ça !

Je sentis que je ne pouvais pas compter sur lui. Mais, en même temps, je ne pus m'empêcher d'attendre avec impatience que la classe commence, puisqu'il avait dit qu'il allait étudier la question. Mais quelque chose survint, juste avant l'étude du matin, qui changea tout. Un garçon, chargé des messages, entra par la porte de derrière, fit signe à Sokdae et lui murmura quelque chose. Ce garçon avait fini l'école primaire depuis deux ans, mais y était resté comme coursier. Dès que je l'aperçus, je me sentis mal à l'aise. Je me souvins que, au moment même où je parlais avec le maître, il se trouvait tout près, à tirer des polycopiés.

Comme on pouvait s'y attendre, Sokdae revint à sa place, réfléchit un instant, sortit le briquet de sa poche et le tendit à Pyongjo.

— Ton père rentre aujourd'hui, non ? Alors rends-lui ça !

Puis il ajouta, d'une voix plus haute :

— Je l'avais pris au cas où t'aurais mis le feu ou un truc dans ce genre-là. Les enfants devraient pas jouer avec ça.

Il avait parlé suffisamment fort pour que toute la classe l'entende. Pyongjo parut tout d'abord complètement désorienté, puis son visage s'éclaira.

Moins de cinq minutes plus tard, le maître rentra dans la classe, avec une expression plus sévère qu'à l'accoutumée.

— Om Sokdae !

A peine parvenu à l'estrade, il l'avait appelé.

Sokdae répondit et se leva très calmement. Le maître dit, en tendant la main dans sa direction :

— Apporte le briquet ici !

— Quoi ?

— Le briquet du père de Yun Pyongjo !

Sokdae répondit, le visage impassible :

— Je l'ai déjà rendu à Pyongjo. Je le lui avais pris pour éviter qu'il ne remette le feu ou une bêtise de ce genre.

— Comment ça ?

Le maître me jeta un regard courroucé, mais interrogea Pyongjo pour en avoir le cœur net :

— Est-ce qu'il dit la vérité ? Où est ce briquet ?

— Je l'ai ! répondit précipitamment Pyongjo.

Abasourdi, je restai là comme un idiot, incapable d'expliquer ce retournement de situation. J'entendis le maître prononcer mon nom.

— Qu'est-ce qui se passe ici ?

En fait, ce n'était pas une question. Il me remettait carrément à ma place. Je sautai sur mes pieds et criai :

— Il l'a rendu ce matin... Il y a juste un moment...

Ma voix tremblait malgré moi, car je devinais qu'il ne me croyait pas.

— Tais-toi ! Tout ça pour rien ! dit le maître en me coupant la parole.

Du coup, je n'eus pas la possibilité de lui expliquer que le coursier de l'école avait averti Sokdae. De toute façon, je n'en avais aucune preuve. Le maître m'ignora et se tourna vers la classe :

— Est-il vrai que Om Sokdae vous maltraite ? Est-ce que vous avez à vous plaindre de lui ?

Puisqu'on a commencé à en parler, semblait dire sa voix, autant crever l'abcès. Les visages des élèves se figèrent étrangement. Ce que voyant, le maître, intrigué, prit une voix plus douce, comme complice :

— Vous pouvez dire ce que vous voulez, vous n'avez pas à avoir peur de Om Sokdae. Parlez. Qu'est-ce qui a été pris ? Et quand ? Qui a été frappé sans raison… ? Dites-le-moi… N'importe qui…

Personne ne leva la main, ni ne se dressa. Personne même ne se troubla. Laissant paraître un soulagement, le maître fixa les élèves pendant un moment, puis demanda de nouveau :

— Personne ? D'après ce qu'on m'a dit, il devrait y en avoir plusieurs !

Une moitié de la classe, la plus proche de Sokdae, répondit en criant :

— Personne !

Le visage du maître s'éclaira davantage, et il répéta sa question, comme pour se rassurer :

— Vous êtes sûrs ? Rien de ce genre ?

— Non, rien !

Cette fois-là, à part Sokdae et moi, tous les élèves avaient répondu, en criant le plus fort possible.

— C'est bon. Alors passons au travail.

Le maître, qui avait mené toute l'affaire comme si, dès le début, il en connaissait le dénouement, ouvrit le cahier d'appel. Il me laissa tranquille, faisant si aveuglément confiance à Sokdae et aux autres que je m'estimai finalement plutôt heureux de ne pas avoir été puni devant toute la classe.

Le cours commença, mais, atterré par ce stupéfiant retournement de circonstances, il me fut impossible d'entendre quoi que ce soit de ce que disait le maître. Tout ce que je pus enregistrer fut l'étrange bourdonnement de la voix de Sokdae, occupant le terrain et répondant à toutes les questions, avec une nuance de triomphe inconnue. Ce ne fut qu'une fois le cours terminé que la voix du maître me parvint.

— Han Pyongt'ae, je te verrai dans une minute dans la salle des maîtres ! dit-il en sortant, faisant un effort pour rester calme, alors qu'il était manifestement en colère. Je me levai machinalement et le suivis, emportant les mots hostiles que quelqu'un avait enfoncés dans mes oreilles :

— Petit salaud ! Espèce de cafard !

En m'attendant, le maître tirait sans arrêt sur sa cigarette, afin de calmer sa colère.

— C'est très mal d'inventer des histoires sur le compte des autres !

Il s'en prit à moi dès mon entrée. Interprétant sans doute mon silence, dû en fait à la consternation, comme une sorte d'aveu, il ajouta :

— J'avais fondé de grands espoirs sur toi, puisque tu venais de Séoul et que tu étais un bon élève, mais je dois dire que je suis bien déçu. Je m'occupe de cette classe depuis deux ans, et c'est la première fois que je vois une chose pareille. J'ai peur à l'idée que nos élèves pourraient finir par te ressembler !

J'étais déjà assez furieux en raison des termes injurieux qu'avait employés l'élève alors que je quittais la classe, mais, à présent, son réquisitoire me donnait envie de hurler. La compréhension intuitive du danger me permit d'éviter le piège. Si je ne me reprenais pas, ce serait vraiment la fin. Au fond du désespoir, je dus faire des efforts inouïs pour rester maître de moi.

— Le coursier a répété à Sokdae ce que je vous avais dit. Quand il a entendu ça… juste avant votre arrivée…

Je cherchai les mots que j'avais été incapable de trouver en classe.

— Et les autres ? Est-ce qu'ils n'ont pas tous dit que rien ne s'était passé ?

Il me réprimanda, sans être sans doute tout à fait convaincu. Mais, moi, j'étais comme fou.

— Les autres ont peur de Om Sokdae.

— C'est pour cela que j'ai posé deux ou trois fois la question.

— Mais c'était devant Om Sokdae !

— Tu veux dire qu'ils ont plus peur de lui que de moi ?

Une bonne idée me traversa l'esprit.

— Appelez-les un par un quand Sokdae n'est pas là, et interrogez-les, ou faites-les écrire sans qu'ils donnent leurs noms. Je suis certain qu'ils révéleront ses fautes.

J'étais si convaincu de ce que je disais que je criais presque. Les autres maîtres nous jetaient des coups d'œil, persuadés qu'il se passait quelque chose d'étrange.

Si j'étais si convaincu, c'est parce que j'avais vu des maîtres de Séoul utiliser cette méthode de temps à autre pour trouver une solution à un problème autrement insoluble, par exemple pour retrouver une chose dont nous ne savions même pas quand elle avait été perdue.

— Tu veux maintenant que je fasse des soixante élèves des indicateurs ? dit le maître, en se tournant vers les autres maîtres, comme pour montrer que tout cela le dépassait. L'un d'eux me jeta un regard, puis se mêla à la conversation.

— Les maîtres de Séoul font manifestement avec leurs élèves des choses qu'ils ne devraient pas faire... Eh ben dites donc...

Je ne pouvais pas admettre que la méthode que je proposais puisse être interprétée ainsi. Ils prenaient tous le parti de Sokdae, et je ne saurais dire à quel point j'étais furieux de la façon qu'ils avaient de déformer tout ce que je disais. J'eus soudain l'impression d'étouffer et les larmes commencèrent à jaillir sans que je puisse les retenir.

Elles eurent un effet inattendu, auquel je n'aurais vraiment pas pensé. Le maître surpris leva les yeux vers moi qui pleurnichais. Après un instant, il écrasa sa cigarette sur le coin du bureau et dit tranquillement :

— D'accord, Han Pyongt'ae, nous ferons ça une fois encore à ta façon. Retourne en classe maintenant.

Son visage me prouva qu'il commençait à prendre conscience de la gravité du problème.

J'essuyai mes larmes, ne voulant à aucun prix prêter le flanc aux autres élèves. Quand j'entrai dans la classe, l'atmosphère était étrange. C'était une récréation et les élèves auraient dû être en train de s'ébattre. Au contraire, ils étaient calmes, comme s'il y avait une inspection.

Trouvant cela étrange, je regardai le pupitre du maître, vers lequel tous les yeux étaient tournés. Om Sokdae s'y tenait, debout. Je ne sais ce qu'il leur disait depuis un moment, mais, quand je pénétrai dans la classe, il regarda les élèves et brandit le poing en l'air. Vous comprenez, n'est-ce pas ? semblait-il signifier.

Le maître entra pour le cours suivant avec un bruit de froissement, portant une pile de papiers du format des feuilles d'examen, comme s'il avait renoncé à faire cours. Om Sokdae commanda :

— Attention ! Saluez !

Immédiatement après, le maître l'appela.

— Chef de classe ! Va dans la salle des maîtres. Tu trouveras sur mon bureau le diagramme des épargnes des élèves que je n'ai pas fini de tracer. Termine-le pour moi. Tout ce qui te reste à faire, c'est de tirer les traits en rouge. J'ai fait le reste.

Une fois Sokdae sorti, le maître se mit à parler aux élèves avec une voix très différente de celle du cours précédent.

— Pendant ce cours, nous devons régler le problème Om Sokdae. Il y a eu quelques erreurs dans la façon dont je vous ai posé mes questions tout à l'heure. Je vais les poser à nouveau. N'y a-t-il pas de problèmes entre vous et lui ? Cette fois-ci, toutefois, vous n'aurez pas à lever la main, ni à vous lever, ni à dire quoi que ce soit. N'écrivez pas votre nom, seulement ce qu'il vous a fait. J'ai cru comprendre que nombre d'entre vous ont été battus sans raison, et que de l'argent et des affaires de classe ont été volés. Les choses de ce genre, même sans importance, écrivez-les. Il ne s'agit plus de colporter des ragots ni de raconter des histoires dans le dos de quelqu'un. Nous faisons cela pour la classe et pour vous, il est donc inutile de guetter la réaction des autres. Vous ne devez pas en parler ni vous mêler du travail des autres. Je prends la responsabilité de tout ce qui arrivera et je vous protégerai.

Il distribua une feuille blanche à chaque enfant.

Je sentis la déception et le ressentiment que mon maître avait fait naître en moi fondre comme neige. J'avais Sokdae maintenant, pensai-je, et j'écrivis tous les méfaits que je connaissais.

Les élèves restaient pourtant imprévisibles. Après avoir écrit pendant quelque temps, je regardai autour de moi et découvris que j'étais le seul à écrire. Les autres se regardaient furtivement. Ils n'avaient pas même pris leurs crayons.

Le maître s'en rendit compte tout aussi rapidement. Après un instant de réflexion, il les libéra de la dernière entrave qui les retenait. Il lui fallait pour cela anéantir l'impression que Sokdae les surveillait toujours.

Il me sembla que le maître avait raison.

— Je crois que j'ai fait une autre erreur. Ce ne sont pas seulement les mauvaises actions de Om Sokdae que je veux connaître. Ce sont tous les problèmes de la classe. Alors, ça ne doit pas forcément avoir de rapport avec lui. Qui que ce soit, quoi que ce soit, quiconque a fait quelque chose de mal, écrivez tout ça. Celui qui cachera volontairement la faute d'un camarade pourra être considéré comme plus fautif que le coupable.

Quelques élèves prirent la plume. Je me détendis. Maintenant, les méfaits de Sokdae, cachés depuis si longtemps, allaient être découverts. Convaincu de cela, je continuai à couvrir ma feuille des péchés de Sokdae.

La sonnerie retentit enfin. Le maître ramassa les feuilles qu'il avait distribuées et sortit sans un mot. Il ne regarda personne, comme s'il voulait montrer qu'il n'avait pas d'idée préconçue.

J'attendis les résultats avec un espoir secret.

Sans tenir compte de ce que Sokdae avait pu faire avec les élèves pendant que j'étais à l'extérieur de la classe, j'étais absolument certain que les mauvaises actions de Sokdae allaient enfin venir en pleine lumière.

Le maître fut en retard d'environ dix minutes pour le cours suivant, peut-être parce qu'il avait lu toutes nos feuilles anonymes. Pourtant, contrairement à mon attente, il commença directement le cours, sans dire un mot de ce qu'il avait lu.

Même chose l'heure d'après et la suivante. Il donna sa leçon comme si de rien n'était. Ses yeux croisèrent les miens quelques fois, mais il ne me fournit aucune indication, ni dans un sens ni dans un autre. Je dus attendre le dernier cours pour qu'il m'appelle.

Pendant plus de deux heures, je fus l'objet d'une inquiétude irraisonnée. Quand Sokdae entendit parler de ce qui s'était passé dans la classe en son absence, son visage s'assombrit visiblement. Pendant les troisième et quatrième cours, il sembla très déprimé. Après le déjeuner, il changea brusquement, et reprit sa vieille attitude arrogante et sûre d'elle-même, me lançant de temps en temps des regards qui semblaient signifier qu'il fallait me prendre en pitié. C'est ce qui m'avait plongé dans cette anxiété démesurée.

— Regarde ça d'abord, me dit le maître, en me tendant la pile des devoirs anonymes dès que j'entrai en hésitant dans la salle des professeurs. Ma main trembla en les lisant tous d'affilée. La moitié étaient blancs, quoi que le maître ait pu dire. La véritable surprise vint de la moitié rédigée.

Pour donner des chiffres exacts, quinze sur trente-deux révélaient mes propres méfaits : avoir acheté des bonbons sur le chemin de l'école, avoir été à la boutique de bandes dessinées, avoir quitté l'école, non par la porte principale, mais par un trou de la barrière en fil de fer barbelé derrière l'école, avoir détruit d'un coup de pied les supports en bambou d'un semis de concombres, avoir tiré les poils de la croupe du cheval attaché sous le pont. Toutes les fautes que pouvait commettre un garçon étaient détaillées là plus nettement encore que dans mon souvenir. Il apparut rapidement que j'avais dit que le maître était minable et lourdingue, comparé à mon maître de Séoul. Et puis il y eut le récit gênant de ce que j'aurais fait avec Yunhei, avec laquelle j'avais joué plusieurs fois : c'était une voisine qui était en sixième année.

Après moi, il y eut Kim Yonggi, qui avait l'esprit un peu lent. Les cinq ou six méfaits qui lui étaient attribués devaient plus à cette lenteur qu'à la méchanceté. Puis c'était le tour de Yi Huido, de l'orphelinat, avec trois ou quatre mauvaises actions et d'un autre avec deux ou trois. Mais le plus stupéfiant concernait Om Sokdae : ma copie était la seule à lui être consacrée.

Après avoir lu, je ressentis plus que de la peine et de la colère. C'était comme si j'étais tombé dans un trou sans fin, ou plutôt comme si un mur avait surgi juste devant mon nez, m'empêchant de passer, et je me sentis désespéré, perdu et pris de vertige. La voix basse du maître résonna dans mes oreilles comme des mots brillants dans un ciel lointain.

— Je crois que je comprends… Tu es déçu de tout. Tout est si différent ici de ce qu'il y a à Séoul. En particulier la façon dont Om Sokdae accomplit ses fonctions de chef de classe… une façon que tu qualifierais de mauvaise… de brutale aussi. Mais c'est ainsi que sont les choses ici. Je sais qu'il existe des écoles avec des conseils d'élèves, où tout se décide par la discussion et le vote, où le chef de classe n'est qu'un messager. Je suppose que… quand tous les élèves sont brillants comme à Séoul… c'est la meilleure façon de faire fonctionner une classe. Mais qu'une chose soit bonne ici ne signifie pas pour autant qu'elle soit bonne là. Nous avons notre manière de faire les choses, et c'est à toi de t'y adapter. Tu dois abandonner l'idée que ce qui se fait à Séoul est systématiquement bon et que nos habitudes à nous sont systématiquement mauvaises. Même si tu persistes à penser que tu as raison… tu devras au moins changer ta façon d'agir. Tu ne peux tout de même pas te battre avec tous les élèves qui ne pensent pas comme toi ! Qu'est-ce que tu cherches ? A t'isoler complètement ? Tu as vu ce qui s'est passé aujourd'hui, non ? Personne ne te suit. Si tu voulais que Om Sokdae ne soit plus chef de classe… et que notre classe ressemble à ta classe de Séoul… la première chose à faire était de mettre les élèves de ton côté. Tu diras que tu ne le pouvais pas parce que Om Sokdae les tenait dans la paume de sa main, et tu penses peut-être que c'était mon travail de maître d'arranger tout cela, puisque les élèves sont stupides… Mais tu aurais tort. Même si tu avais raison… comme tous les élèves soutiennent Sokdae, je ne pouvais pas agir autrement. Et même si, comme tu en sembles convaincu, le soutien des élèves n'est fondé que sur l'intimidation et les tromperies… c'est toujours la même chose. Je me dois de respecter le pouvoir que les élèves lui ont donné. Jusqu'à maintenant, notre classe est restée unie… Je ne peux pas rompre cela à cause de vagues présomptions. De plus… d'une façon ou d'une autre, Om Sokdae est le meilleur des élèves de cinquième… c'est un excellent chef de classe… avec un véritable sens du commandement… Ne le juge pas aveuglément avec des idées fausses... Tu dois reconnaître ses qualités aussi... et avant tout tu dois reprendre ta place parmi les garçons... tout reprendre avec eux. Si tu veux lutter avec lui, lutte loyalement. Tu comprends ?

Il me sembla que le maître aurait pu s'interrompre à n'importe quel moment, mais il continuait à parler. S'il m'avait réprimandé à voix haute, je pense que je me serais opposé et que j'aurais argumenté. S'il avait montré de la colère ou s'il avait laissé paraître ne serait-ce qu'un tout petit peu qu'il ne m'aimait pas, je ne pense pas que je serais resté assis, comme ça, à l'écouter calmement. Sa voix contenue et son regard inquiet, prouvant qu'il essayait vraiment de me comprendre, m'enlevèrent toute force. Confronté à l'étrange logique de ce maître habituellement froid et insensible, je restai assis, complètement assommé, et quand enfin je me levai pour sortir, mon esprit et mon corps étaient comme un linge essoré.

Si la lutte s'évalue simplement en termes d'attaque et de défense, alors ma lutte contre Sokdae cessa ce jour-là. Mais si le refus de se soumettre et d'accepter le compromis peut être considéré comme une forme de lutte, alors mon combat solitaire et pénible continua pendant deux autres mois. En termes d'adultes, ce qui me faisait tenir, c'était le ressentiment féroce que j'éprouvais contre une majorité stupide et lâche, qui avait permis l'étouffement de ma vérité.

Bien qu'il sût que j'avais épuisé tous mes moyens, jamais le prudent Sokdae n'apparut directement dans la lutte. Le combat fut pourtant bien plus acharné et plus sévère qu'auparavant, et la vie à l'école devint plus pénible et plus fastidieuse encore. Les combats à coups de poing furent particulièrement douloureux, survenant à tout moment, sous n'importe quel prétexte. Il y avait alors un classement pour la bagarre comme il y en avait un pour les études. Grâce à ma force et à ma ténacité, j'étais quelque chose comme treizième ou quatorzième. Soudainement, mon classement ne fut plus respecté. Des garçons qui avaient auparavant admis leur défaite recommencèrent à chercher la bagarre. Je n'ai pas besoin de vous dire que je dus rassembler toutes mes forces pour faire face à tous ces défis. Mais mon classement se dégrada jour après jour. Contre des adversaires que je dominais largement en force ou en ténacité, je commençai à subir de cuisantes défaites. Des camarades qui auparavant se seraient mis à pleurer ou auraient pris la fuite en signe d'acceptation de leur défaite tenaient maintenant jusqu'au bout, mus par je ne sais quel soutien, et la foule des élèves de parti pris nous entourait, soutenant mon adversaire, sapant efficacement mes forces. Et quand nous roulions emmêlés sur le sol, je me retrouvais très souvent, grâce à une main inconnue, allongé de tout mon long sur le dos. Moins d'un mois après l'histoire du briquet, en lutte j'étais le dernier, à l'exception de quelques élèves insignifiants dont personne ne se préoccupait.

L'autre problème douloureux fut celui des amis. Un long moment avait passé depuis mon arrivée, mais je n'avais pas encore réussi à me faire le moindre ami. Avant cette histoire de briquet, quelques-uns me laissaient jouer avec eux si je faisais suffisamment d'efforts pour me rapprocher d'eux. Cinq ou six peut-être étaient rentrés de l'école avec moi une fois ou l'autre. Mais, après cette histoire, aucun de mes camarades de classe ne voulut plus avoir le moindre contact avec moi, et ce, même dans mon quartier, en dehors de l'école. La façon dont ils m'avaient battu froid auparavant n'était rien à côté de ce nouvel isolement.

Il n'y avait pas alors de terrains de jeu comme aujourd'hui, ni de télévision, ni de jeux vidéos vous permettant de supporter la solitude, sans parler de lecture ou de jouet valant la peine. C'était une lourde punition que de n'avoir aucun ami.

Le souvenir de l'heure de récréation à l'école après le déjeuner ou les cours me brise toujours le cœur. Incapable de participer à aucun jeu, je restais assis derrière la fenêtre de la classe ou bien dans un coin ombragé de la cour de récréation à regarder à distance les équipes s'affronter. Que le football avait l'air merveilleux avec une balle en caoutchouc de la taille d'une tête d'enfant ! Et puis cette espèce de soft-ball sans batte ! Et ce jeu à huit, qui faisait tellement hurler de plaisir les enfants qu'on aurait cru qu'ils allaient cracher leurs dents. Comme ils avaient l'air heureux, tous !

A la maison, les choses n'allaient guère mieux. Dans mon quartier, le choix était plutôt limité. J'aurais pu me faire battre froid en recherchant la compagnie d'élèves d'autres classes, aussi éloignés de moi que des étrangers. J'aurais pu m'accrocher aux autres comme un anonyme quelconque, ou encore réunir une bande de garçons plus jeunes et jouer le rôle de chef, ce pour quoi j'avais en fait peu de goût. Les seules autres possibilités consistaient à m'enterrer dans la salle arrière du marchand de bandes dessinées ou à froisser les côtes de ma mère en me battant avec mon frère de quatre ans plus jeune que moi.

Je me souviens de l'arrivée d'un nouveau dans la classe voisine, qui était plus grand et plus fort que Sokdae, et qui avait défié celui-ci après la classe, dans le bois de pins près de l'école. La classe entière vint soutenir Sokdae. J'y allai aussi pour en faire autant, parce que, je l'imagine, je sentais que je faisais partie de cette classe. Ce jour-là seulement, les élèves firent semblant de ne pas me voir, me permettant ainsi d'être l'un des leurs sans que cela crée de problème, et cette situation se prolongea quelque peu après la victoire de Sokdae. Les élèves l'entourèrent pour le féliciter comme s'il était un guerrier victorieux, et l'un d'entre eux suggéra que, puisque Sokdae était couvert de poussière et de sueur, ils pourraient aller se baigner dans la rivière voisine. Chacun approuva, et je me joignis à eux. Néanmoins, à peine avions-nous atteint les bords de la rivière que Sokdae me remarqua. Il se renfrogna et l'atmosphère changea en un instant.

— Hé ! Han Pyongt'ae ! Qu'est-ce que tu fais là ? dit l'un des élèves à l'esprit rapide, et les autres l'imitèrent rapidement.

— Qu'est-ce que t'as à venir fouiner par ici ?

— Qui c'est qui t'a dit d'applaudir ?

Soudain mon nez se mit à me piquer et des larmes me vinrent aux yeux. Je n'en étais pas très conscient sur le moment, mais je pense que je goûtais alors l'amertume de l'exilé et l'aigreur de la solitude qui en découle.

Mais, plus grave que le recul de mon classement comme lutteur ou l'isolement dans lequel les autres me tenaient, était la persécution ouverte et systématique. Comme je l'ai déjà dit, de même qu'il y a des lois pour les adultes, de même les enfants ont leurs lois.

De même qu'aucun adulte n'est capable d'obéir à toutes, de même il est difficile pour un enfant de s'y plier. Comme dit le proverbe, quand on brosse quelqu'un, il y a toujours de la poussière. Les enfants passent les jours en commettant de petites offenses sans nombre qui correspondent aux délits ou aux péchés des adultes. Pour n'avoir pas suivi les conseils ou les instructions hebdomadaires du principal, pour n'avoir pas fait ce que disait le maître, pour n'avoir pas obéi aux prières des parents ou des anciens, ou pour ne pas avoir eu ce que la société considère comme un comportement acceptable après toutes ces fautes, je fus soumis à l'application la plus stricte des règles.

Si mes ongles étaient un tant soit peu trop longs, ou si j'allais chez le coiffeur avec quelques jours de retard, mon nom ne manquait pas de figurer sur la liste des élèves sales ; si j'avais une déchirure ou un bouton manquant, j'étais puni pour infraction aux uniformes. A moins d'être malchanceux au point d'être pris par le maître de service, vous pouviez toujours vous débrouiller pour acheter des bonbons sur le chemin de l'école. Mais, moi, j'étais toujours pris. Et chaque fois que je lisais secrètement dans l'arrière-salle du marchand de bandes dessinées, le maître en entendait parler et j'étais réprimandé. En un mot, les choses que tous les enfants faisaient, et pour lesquelles ils s'en tiraient avec une légère réprimande quand ils avaient la malchance d'être pris, devenaient d'énormes crimes quand je les commettais, puis étaient rendues publiques, punies et notées dans les comptes rendus des réunions de concertation. Je m'en tirais toujours avec un châtiment corporel assené par le maître ou une punition comme le nettoyage des toilettes. Les accusateurs étaient toujours différents, mais Sokdae était sans aucun doute derrière.

En temps normal, Sokdae était autorisé par notre maître froid et indifférent à faire régner l'ordre et à punir toutes les fautes. Quand il y avait une plainte, il exerçait son autorité d'une façon apparemment équitable. Par exemple, quand l'un de ses intimes était pris sur le fait avec moi, il nous infligeait la même punition devant les autres. Mais quand seuls Sokdae et ses intimes savaient qu'une punition était infligée, je subissais un traitement bien différent, et cela me mettait en rage. Lorsque, par exemple, nous étions tous de corvée de nettoyage aux toilettes, un travail superficiel suffisait, et les autres pouvaient rapidement rentrer chez eux. Mais, quant à moi, il me fallait enlever toutes les taches avant de pouvoir partir.

Ce n'est que supposition de ma part, mais j'imagine que Sokdae utilisa son pouvoir contre moi en d'autres occasions. Ainsi, des inspections d'hygiène survenaient sans que j'aie été prévenu, contrairement à tous les autres. Comme ce jour où j'avais marché à côté d'une carriole et d'un cheval en allant à l'école, déchirant mes vêtements à un clou : il y avait eu une inspection surprise des uniformes. Ce sont des exemples typiques. En conséquence, ma réputation devint vite celle d'un semeur de troubles, non seulement dans notre classe, mais dans toute l'école.

Etant donné la situation, je ne pouvais guère étudier correctement. Mon idée, en arrivant dans cette école, avait été d'être premier, d'une façon ou d'une autre, mais, en fait, mes notes ne cessèrent de baisser. Et, à la fin du semestre, je me retrouvai vers le milieu du classement.

Naturellement, cela ne signifie pas que je prenais les coups sans réagir. A ma façon, j'employai toutes mes forces et toutes les ruses possibles pour m'en sortir. J'essayai ainsi de faire intervenir mes parents. Après avoir totalement abandonné l'idée d'obtenir une aide quelconque du maître, je me tournai vers mon père, me déchargeant sur lui des aléas de ce combat difficile et solitaire dans lequel j'étais embarqué. Mais l'inutilité avait transformé mon père, au point qu'il n'y avait plus guère de différence entre lui et mon maître insensible.

— Qu'est-ce que ça veut dire ? Qu'est-ce que tu demandes, et à qui ? Si tu n'es pas assez fort, est-ce que tu ne peux pas te servir de pierres et de bâtons ? Tu gagneras en travaillant mieux ! Et si les autres ne te suivent pas, eh bien…

Sans doute parce que j'étais un peu déboussolé par toute cette histoire, je ne m'étais pas très bien expliqué. Ce qui justifie en partie la réaction de mon père. De plus, celui-ci avait dû voir avant tout dans mon problème l'une de ces inévitables chamailleries qui ponctuent la vie des enfants. Quoi qu'il en soit, devant sa réaction, je perdis toute envie de lui en dire plus.

Ma mère, néanmoins, s'efforça de me comprendre. Elle se remua réellement. Après avoir écouté notre conversation, elle écarta mon père et me posa une série de questions. Et, dès les premiers rayons de soleil, le lendemain matin, elle partit pour l'école. Je crus un instant que ma mère allait pouvoir faire quelque chose pour moi, mais cet espoir s'avéra vain.

— Pourquoi es-tu si envieux et si mesquin ? Et tes notes, tu les expliques comment ? Qu'est-ce qui ne va pas chez toi ? Et, en plus de ça, tu as menti à ta mère… J'ai vu ton maître aujourd'hui. Nous avons parlé pendant deux heures. Et cet élève – comment s'appelle-t-il ? – Om Sokdae, je l'ai vu aussi. Un garçon si charmant, si ouvert, si sensible. Et le premier de l'école…

Ma mère, comme si elle n'avait fait que m'attendre, se mit à me gronder dès mon retour de l'école. Elle me fit la leçon pendant une bonne demi-heure, exactement comme le maître, mais je n'entendis rien d'autre de ce qu'elle me dit. L'émotion qui m'étreignait me conduisit au-delà du désespoir, au bord de l'anéantissement. Quand j'y repense, et que je me revois continuer à me battre pendant un bon moment, même après ça, j'en éprouve encore une certaine fierté.

Néanmoins, arrive un jour où le combat doit prendre fin. Alors que le semestre touchait à sa fin, je commençai à être épuisé. Cet esprit combatif implacable dont j'avais fait preuve s'évanouissait, et la haine, qui venait soutenir mon désir de vengeance, perdait de sa force. Dès le début du semestre suivant, j'attendis secrètement l'occasion de montrer ma soumission, mais cette occasion ne se présentait pas.

Une des raisons en est que, si je m'étais battu longtemps et énergiquement, je ne m'en étais jamais pris à Sokdae directement. C'étaient toujours d'autres garçons, ou son entourage, qui s'en prenaient à moi. Et quand c'était Sokdae lui-même, cela concernait toujours la violation d'un règlement et cela restait toujours dans le cadre de l'autorité légitime d'un chef de classe. Non seulement il ne m'avait jamais parlé individuellement, mais nous ne nous étions même jamais regardés l'un l'autre bien longtemps.

J'avais finalement abandonné toute velléité de résistance, néanmoins je continuai à me traîner en marge de la classe. L'occasion survint enfin, sous la forme d'une journée de nettoyage approfondi, provoquée par la venue de l'inspecteur, le lendemain. Dès la fin des cours du matin, chacun d'entre nous reçut sa corvée de nettoyage. Inutile de préciser que celles-ci concernaient la classe, mais aussi les plates-bandes, la cour et le potager.

Il y avait beaucoup à laver, à balayer et à ranger, et chaque corvée était lourde. Je devais m'occuper de deux fenêtres donnant sur les plates-bandes. C'étaient des fenêtres à glissières, avec huit vitres de trente centimètres de côté sur chaque panneau, avec des montants horizontaux et verticaux. Autrement dit, trente-deux vitres à nettoyer. C'était beaucoup, mais dans le cadre de ce nettoyage-là, étant donné qu'il fallait aussi laver le plancher de la classe et du couloir, puis le cirer avec de la graisse à bougie, je ne peux pas dire que ma charge de travail était injuste.

Le problème commença avec le maître. Ceux des autres classes relevaient leurs manches et supervisaient en personne le nettoyage, mais le nôtre s'arrangeait toujours pour se débarrasser de cette corvée. Comme d'habitude, il s'en alla très tôt, non sans avoir chargé Sokdae de vérifier le travail.

Si cela était arrivé au plus fort de mon combat contre Sokdae, cette confiance accordée sans réfléchir m'aurait vraiment embêté, pourtant, ce jour-là, je m'en réjouis. Je savais parfaitement qu'un travail bien fait dans ce genre d'occasion attirait l'attention de Sokdae. Mais, jusqu'alors, je n'aimais pas être inspecté par lui, et je me débarrassais au plus vite de la corvée.

Ce jour-là, le nettoyage des vitres dont on m'avait chargé fut pénible. J'utilisai d'abord un chiffon humide pour ôter les saletés incrustées ou les taches qui se trouvaient tant sur le verre que sur les montants, puis j'essuyai les endroits humides avec un torchon sec. Ensuite, avec un journal, puis du papier de brouillon, soufflant dessus au préalable, je m'attaquai à la poussière.

Ce travail soigneux me prit un bon moment. Lorsque mes deux fenêtres furent enfin claires et brillantes, la plupart des autres garçons avaient fini leur corvée. Sokdae jouait avec eux dans la cour. C'était l'un de ces matches de football que l'équipe de Sokdae gagnait toujours, même si elle comptait quelques joueurs de moins.

A peine lui avais-je dit de venir inspecter mon travail que Sokdae, qui avait justement le ballon dans les pieds, l'envoya à l'un de ses équipiers et réagit comme un délégué parfaitement consciencieux. J'attendis son jugement, le cœur battant, tandis qu'il regardait les vitres que j'avais nettoyées. Même pour moi, elles étaient incomparablement plus propres que celles d'à côté. S'il était de bonne humeur et me traitait gentiment, moi, de mon côté, je ferais un effort pour obtenir ses bonnes grâces, par exemple avec une réponse aimable, lui laissant ainsi deviner mon changement d'état d'esprit. Mais sa réaction me surprit.

— Ça va pas, il y a encore des taches, recommence, dit Sokdae après un instant. Et il retourna jouer en courant. J'eus l'impression que le sang s'était retiré de mon visage. Je voulus protester, d'une façon ou d'une autre, mais, avant même que je puisse ouvrir la bouche, Sokdae était déjà de l'autre côté du terrain.

Je refoulai mes sentiments avec peine, et examinai à nouveau mes vitres. Il semblait y avoir quelques traces d'eau sur les vitres de gauche de l'une des fenêtres. Je me dis que j'avais eu de la chance de ne pas avoir pu protester, et je m'appliquai à effacer les dernières traces. Ce faisant, j'en découvris d'autres, et ce ne fut qu'après un très long moment que je pus retourner voir Sokdae pour lui demander de se livrer à une seconde inspection.

A cet instant-là, tous les enfants, non seulement ceux qui étaient chargés du nettoyage, mais aussi ceux qui devaient ranger, en avaient terminé, et le match de football battait son plein. Treize élèves d'un côté, onze de l'autre, uniquement les garçons les plus rapides. Et ils se servaient d'un véritable ballon en cuir, trouvé on ne sait où. Peu désireux d'interrompre une rencontre aussi disputée, j'attendis un moment. Puis, quand je vis que Sokdae venait de marquer un but, je m'approchai de lui.

Cette fois encore, il quitta la partie sur-le-champ. Le résultat fut le même.

— C'est une crotte de mouche, ça ? Nettoie encore, et enlève la poussière dans ce coin-là.

Cette fois-là, je ne pus l'accepter, et protestai tièdement. Je lui dis de comparer mes vitres avec celles de garçons qui étaient à côté, mais Sokdae me coupa froidement la parole sans même regarder les vitres que je lui indiquais.

— Lui, c'est lui. Toi, c'est toi. De toute façon, je ne peux pas accepter ton travail.

Le ton de sa voix semblait laisser entendre que j'appartenais à une espèce spéciale qui exigeait une inspection rigoureuse.

Il n'y avait rien que je puisse faire. Je remontai sur l'appui pour examiner chaque coin de chacune des trente-deux vitres. Cette fois-ci, je ne cherchais pas à être félicité, simplement à éviter une nouvelle rebuffade.

La troisième fois, Sokdae trouva encore quelque chose. Je tentai de l'infléchir par un sourire, mais cela ne servit à rien. Il se contenta de dire que ça n'allait pas et fila vers un ruisseau voisin, entraînant tous les autres enfants. Ils avaient couru et chahuté tout ce temps en plein soleil, et, en ce début d'automne, le temps était encore assez chaud.

Je remontai sur l'appui pour la quatrième fois et attaquai une fois de plus les carreaux. Mais je n'avais plus aucune force. Je ne pouvais plus même remuer le petit doigt. Je m'effondrai contre l'appui, les yeux dans le vague, comme dans un brouillard, tandis que les autres disparaissaient dans le bois de pins derrière la porte arrière. Maintenant que je savais que la réussite ou l'échec n'avaient aucun rapport avec les efforts que je pouvais faire, mais seulement avec ce que Sokdae décidait, je ne voulais plus travailler pour rien.

Le soleil déclinait rapidement, et il n'y avait presque plus personne dans la cour. Pas un seul élève en vue. Le silence était à peine rompu par les bruits de pas, étrangement lourds, d'un des maîtres qui rentrait chez lui. A plusieurs reprises, je faillis tout envoyer promener et courir chez moi. J'avais abandonné toute idée de résistance, mais tout cela était un abus de pouvoir trop flagrant pour faire simplement contre mauvaise fortune bon cœur. Pourtant à la pensée d'être appelé par le maître le lendemain, dès que celui-ci aurait entendu la version de Sokdae, et d'être battu devant tous les autres et un Sokdae jubilant, je renonçai à tout. Au contraire, même si cela peut paraître un peu sournois, je me mis à réfléchir à une autre stratégie, un peu plus lâche, mais pas du tout enfantine. J'espérai même que Sokdae tarde encore plus à revenir. S'il voulait me voir souffrir, j'allais lui en montrer, de la souffrance ! Je verserais des larmes à mon retour, de façon à manifester ma douleur : cela apaiserait sa rancœur. C'était du moins ce à quoi j'en étais arrivé.

Quand Sokdae et les autres réapparurent à la porte arrière, l'ombre de l'immense cèdre de l'Himalaya, de l'autre côté de la cour, avait déjà traversé le terrain de jeu. Mais comment expliquer cela ? A peine les entendis-je rentrer bruyamment, cheveux luisants – ils avaient dû se baigner – que mes larmes jaillirent, sans que je le fasse exprès. J'oubliai totalement la stratégie que j'avais élaborée quelques instants auparavant. Ces larmes venaient réellement du fond de mon cœur.

Vous trouverez peut-être cela un peu soudain, un peu étrange, mais, en prenant quelque distance, ces larmes n'étaient pas entièrement inexplicables. La seule chose que la douleur peut arracher à une âme qui a abandonné toute résistance et à un esprit qui a perdu toute haine est le chagrin. Je versais sans doute des larmes de tristesse sur ma propre inefficacité. Je pleurais sur ma solitude.

— Hé ! Han Pyongt'ae !

Mes larmes devinrent des sanglots incontrôlables. Cramponné à ma vitre, j'entendis quelqu'un m'appeler. J'essuyai mes larmes et regardai dans la direction de cette voix. Sokdae, laissant les autres à distance, était arrivé jusque sous la vitre et levait la tête vers moi. Son expression semblait généreuse, plus charitable qu'elle n'avait jamais été.

— Tu peux t'en aller maintenant. C'est bon pour tes vitres.

De la direction de son visage, brouillé par mes larmes, me parvint le son d'une voix aimable. Je me dis qu'il avait deviné le sens exact de mes larmes. Certain d'avoir remporté une victoire définitive, il me libérait de ce combat pénible et solitaire. Je fus comme submergé de gratitude pour sa générosité. Je l'exprimai dès le lendemain grâce à l'offre d'un stylo que je gardais précieusement.

Quoique la fin de mon combat ait eu un côté trompeur et que je me sois soumis trop facilement, les fruits de cette soumission furent pourtant bien doux. Ils le furent peut-être d'autant plus que mon opposition avait été longue et obstinée. Les faveurs de Sokdae tombèrent sur moi en cascade dès qu'il fut assuré que je m'étais bien plié à son autorité.

La première chose qu'il fit pour moi fut de rectifier mon classement dans les bagarres. Quelques-uns de ceux qui devaient à sa protection d'avoir usurpé ma place devaient le payer chèrement. Ils durent abandonner leur classement immérité : du jour au lendemain, Sokdae rabaissa la valeur de ceux qui me négligeaient. Et s'il les entendait me traiter de salaud de ceci ou de salaud de cela, il les rudoyait.

— Ah, vous croyez vraiment que vous pouvez battre Pyongt'ae ?

Et, comme incidemment, il suggérait :

— Pyongt'ae, pourquoi tu recommencerais pas le combat ? Tu vas quand même pas laisser un salaud comme ça t'en imposer ?

Conforté par ces paroles, je me battais, à la loyale cette fois. Le ressentiment qui couvait depuis longtemps donnait une vigueur nouvelle à mes poings et me permettait de gagner facilement. Certains garçons, effrayés par mon air décidé, abandonnaient avant même de combattre. Et, après juste quelques bagarres, je gagnai rapidement plusieurs rangs. Je me retrouvai environ douzième.

Je redécouvris des amis et des jeux. Dès qu'ils comprirent que j'avais été pardonné par Sokdae, les autres ne cherchèrent plus à m'éviter. En réalité, comprenant que Sokdae faisait preuve d'une attention spéciale à mon égard, ils essayèrent de m'avoir dans leur équipe chaque fois que l'occasion s'en présentait. Tout cela était un calcul délibéré pour me faire oublier l'amertume et la solitude du semestre précédent.

Les infractions aux règles, petites ou grandes, qui avaient fait de moi un perturbateur, aux yeux de la classe et de toute l'école, n'étaient plus un souci. Mes accusateurs, qui faisaient un drame de la plus petite chose, se firent muets, et je me transformai progressivement en élève modèle. Le nombre de règles à observer devint tout à coup très limité, sans que je change pour autant, et le maître m'accueillit comme un père son fils prodigue.

Mon travail redevint petit à petit normal. Vers la mi-semestre j'étais dans les dix premiers, et, à l'examen de fin de semestre, en hiver, je fus classé deuxième. Avec ces notes redevenues normales, les inquiétudes de mon père et de ma mère, qui avaient été profondes, s'évanouirent. J'étais à nouveau leur fils aîné, aimant et brillant.

En y réfléchissant bien, toutes ces choses étaient les miennes avant que Sokdae ne m'en dépossède. Je ne faisais que retrouver ce qui m'appartenait, et on ne peut guère m'accuser que d'avoir reçu en plus quelques intérêts de sa part. Quoi qu'il en soit, depuis que je m'étais plié à son bon vouloir, tout m'apparaissait comme une faveur considérable.

Par ailleurs, Sokdae exigeait de moi beaucoup moins que je ne l'aurais cru. Il agissait différemment avec les autres, mais, en ce qui me concernait, il ne me demandait jamais rien, ni ne me prenait jamais la moindre chose. Si, de moi-même, je souhaitais lui offrir quelque chose de bon ou de valeur, il ne voulait pas l'accepter, et, quand il le faisait, c'était pour me retourner une faveur bien plus importante. En vérité, c'était plutôt moi qui recevais des choses de lui, bien que le fait qu'elles soient venues en réalité des autres, auxquels il les prenait, ait été quelque peu gênant.

Il n'exigeait rien de moi et ne me forçait à rien non plus. Plusieurs fois, d'autres garçons me semblèrent souffrir des exigences excessives ou des traitements injustes de Sokdae, mais cela ne m'arriva jamais. En conséquence, ces privilèges passifs – c'est-à-dire l'exemption de corvées – m'impressionnèrent plus que de juste.

Tout ce que Sokdae attendait de moi était que je me plie à son ordre et que je ne tente plus d'attaquer le royaume qu'il avait bâti. Si l'on pense que cette soumission signifiait soumission à un ordre injuste, on comprend que c'était là le plus lourd tribut que j'avais à payer. Néanmoins, comme j'avais renoncé à ma liberté et jusqu'au souvenir même de la rationalité, ce n'était pas du tout comme ça que je ressentais les choses.

Vers la fin, toutefois, à un moment où j'étais parfaitement accoutumé à ses règles, où j'étais devenu un de ses sujets à l'aise et conformiste, il me fallut payer un autre prix, afin de continuer à profiter de ses faveurs. Cela concernait mon talent artistique.

J'avais en effet à faire deux dessins quand les autres n'en faisaient qu'un. Tout cela parce que Sokdae était mauvais en dessin. Ce qui faisait que l'exposition de nos œuvres comportait toujours deux de mes œuvres, l'une signée de mon nom, et l'autre de celui de Sokdae. Mais cela n'avait pas dû me gêner beaucoup, puisque je ne me souviens même pas si c'était lui qui l'avait exigé ou si je lui avais offert mes services. J'imagine que, en tant que vassal obéissant et paisible, j'avais dû le lui proposer spontanément, un peu comme je me serais acquitté d'un impôt ou d'une corvée.

La révolution, loin de ressembler à celles qui font les pages glorieuses de l'histoire, éclata dans notre classe de façon tout à fait inattendue. L'année suivante, à peine un mois après le remplacement de notre maître, le royaume de Sokdae, en apparence si solide, explosa en mille morceaux en l'espace d'une demi-journée. Et celui qui nous gouvernait avec une poigne d'acier, devenu un simple criminel, disparut de notre monde en un instant.

Néanmoins, avant de raconter l'histoire des origines et du déroulement de cette révolution, je dois tout d'abord confesser quelque chose. Voyez-vous, je connaissais depuis quelque temps déjà le terrible secret de Sokdae, ce secret qui était appelé à devenir la cause de l'écroulement de son empire.

Cela se passa vers la mi-décembre de cette année-là, si je m'en souviens bien. Nous en terminions avec l'examen semestriel et, de façon à en assurer l'honnêteté, nos places avaient été changées. Park Wonha, un bon élève, s'était ainsi retrouvé par hasard à côté de moi. Il était particulièrement bon en arithmétique et faisait partie du cercle des proches de Sokdae. Comme j'étais inquiet de mes lacunes en arithmétique, sa présence me donna un certain sentiment de sécurité.

Les deux heures de composition étaient pratiquement révolues quand je vis Park Wonha se livrer à quelque chose d'étrange : séchant sur un problème, je jetai un coup d'œil oblique, non pas tant avec l'intention de copier que pour voir s'il avait trouvé une réponse.

Il avait terminé sa copie et s'efforçait d'effacer son nom avec une gomme. Je devins instantanément soupçonneux. Vous pouvez effacer une réponse pour en écrire une autre, mais personne ne se trompe jamais dans l'orthographe de son nom.

J'oubliai qu'il ne me restait presque plus de temps et regardai Park Wonha très attentivement. Il jetait des coups d'œil au surveillant. Tout à coup, il écrivit un nom juste à l'endroit où il venait d'effacer le sien, et, à ma stupéfaction, je lus celui de Sokdae. Cela fait, il regarda calmement autour de lui. Ses yeux rencontrèrent les miens. Un sourire s'y alluma immédiatement. Il ne semblait pas vouloir m'avertir ni s'inquiéter de quelque chose.

— Qu'est-ce que tu as fait ? demandai-je à voix basse, dès que l'examen fut terminé.

Il eut un pâle sourire et répondit :

— Cette fois-ci, c'était mon tour en arithmétique.

— Ton tour en arithmétique ? Alors, il y en a d'autres pour les autres sujets ?

J'étais choqué et dans le noir le plus complet. Park Wonha regarda tout autour de lui et me répondit d'une voix très basse :

— Tu ne savais pas ? Hwang Yongsu a sans doute fait le coréen.

— Quoi ? Mais alors, qu'est-ce qui se passe pour vous ?

— On a les notes de Sokdae. Quand tu fais un dessin pour lui, tu peux attendre le bon moment pour le lui donner, non ? Mais ça ne marcherait pas pour un examen. La seule chose à faire, c'est d'échanger nos notes.

C'est ainsi que je découvris le secret de la fabuleuse moyenne de Sokdae. Les dessins que je faisais pour lui, sans même y penser, contribuaient aussi à ses notes systématiquement remarquables.

— Tous les sujets de tous les examens ? demandai-je encore, me calmant quelque peu.

Park Wonha, avec la voix d'un conspirateur, répondit à toutes mes questions, sans rien cacher.

— Pas tous. Il en prépare en général deux lui-même. Pour celui-ci, il a révisé les sciences naturelles et l'éducation civique. Mais les sujets changent à chaque examen et ceux qui travaillent pour lui changent aussi.

— Et combien a-t-il quand c'est lui qui travaille ?

— En général autour de quatre-vingts.

— Ça veut dire que tu perds à peu près quinze points ou peut-être plus pour cet examen d'arithmétique, n'est-ce pas ?

— Je n'y peux rien. Tous les autres le font aussi. Et Sokdae répartit le travail assez équitablement. Alors la perte de points est assez égale. Et si tu ne comptes pas Sokdae, le classement tient compte de la valeur des uns et des autres. Enfin, si des veinards dans ton genre ne nous passent pas devant...

Ces veinards dont parlait Wonha étaient les six ou sept élèves auxquels Sokdae accordait des faveurs particulières. En ce qui concerne le travail, j'avais réussi à me glisser parmi les tout premiers de la classe.

— Mais Sokdae ne t'a pas parlé de tout ça ? C'est étrange, dit Wonha, l'inquiétude s'inscrivant soudain sur son visage en me voyant pétrifié par la découverte de ce secret. Puis, comme pour se rassurer, il ajouta : Oh, et puis alors ? Qu'est-ce que ça peut faire que je t'en parle ou non : tu as aussi fait des dessins pour Sokdae. C'est exactement la même chose que de lui refiler une copie de composition. Et maintenant que tu es au courant, tu auras peut-être à échanger ton travail avec lui...

Mais je n'étais déjà plus moi-même. J'étais déjà sous le coup d'une irrépressible tentation.

En possession de cet affreux secret, de la preuve irréfutable de son comportement inqualifiable, impardonnable, j'étais soumis à la tentation de relancer le combat qui venait de prendre fin. Qu'importaient la froideur et l'indifférence du maître, il lui serait impossible d'ignorer un tel comportement de la part de Sokdae. Si je pouvais prendre ma revanche, ce ne serait pas seulement une douce revanche sur le maître qui l'avait soutenu, mais aussi sur mon père et ma mère qui ne m'avaient pas cru et qui m'avaient tellement réprimandé… Je deviendrais le héros des enfants qui, s'ils avaient fait contre mauvaise fortune bon cœur, n'en avaient pas moins certainement souffert, et mon cœur se mit à battre plus vite en pensant au retour de la liberté et de la rationalité que j'avais été obligé d'abandonner avec amertume.

Mais quand la cloche qui annonçait le début du cours suivant sonna et que je vis le visage de notre maître, revenu pour superviser l'examen, mon excitation profonde disparut instantanément. Les choses s'achèvent dans le deuil. Les choses nouvelles, les changements n'apportent qu'ennuis et soucis. C'est ce que je vis inscrit sur son visage, me remémorant l'échec lamentable de l'histoire du briquet. J'eus le sentiment que rien ne viendrait jamais briser le mur d'insensibilité et d'indifférence avant que je puisse lui mettre sous les yeux une preuve irréfutable.

Je regardai à nouveau les autres élèves. Ils auraient pu apporter cette preuve, mais il y avait bien peu de chances qu'ils me soutiennent si je dénonçais ce comportement au maître, s'ils avaient été de connivence avec Sokdae jusqu'à maintenant. De plus, d'un certain point de vue, ils étaient ses complices. N'avaient-ils pas conspiré avec lui pour empêcher le maître de noter équitablement ? A cette idée, je perdis toute confiance. Sokdae avait manifestement pris le briquet, mais quand le maître l'avait interrogé, je me souvins que Pyongjo avait feint l'ignorance, affirmant qu'il le lui avait seulement emprunté, et que, alors que l'occasion était idéale pour dénoncer Sokdae, en toute impunité, tous avaient rempli leur copie avec mes fautes les plus insignifiantes. Je les revis tous.

Le doux fruit de la soumission, que je goûtais depuis presque deux mois, ajouté à un calcul sournois, me retint à temps. En fait, si vous éliminez un orgueil intellectuel d'adulte, il n'y avait rien de désavantageux à se plier à l'ordre de Sokdae. Comme je l'ai déjà dit, ma longue opposition obstinée s'était transformée en une sorte de médaille de guerre, qui me valait maintenant divers privilèges. D'une certaine façon, je bénéficiais désormais de plus de liberté qu'à Séoul, où j'étais sous le contrôle du conseil des élèves et du vote majoritaire. En termes d'influence, j'en avais autant, sinon plus, sur les autres élèves que lorsque j'étais chef de section à Séoul. Je n'avais rien perdu. Et si Sokdae continuait à exploiter les autres de cette façon, je ne pouvais qu'en profiter. Du moment que je ne tentais pas de m'emparer de la première place, je pouvais, sans trop de peine, m'installer définitivement à la seconde.

En fin de compte, c'est Sokdae qui m'empêcha de courir vers le maître. Tourmenté par ces tentations contradictoires, j'étais toujours dans le brouillard quand nous en eûmes fini avec toutes les compositions. J'étais assis, perdu dans mes pensées, quand Sokdae apparut devant mon pupitre.

— Hé, Han Pyongt'ae, les compos sont terminées. Pourquoi on n'irait pas s'amuser un peu quelque part ?

Quoiqu'il lui eût été impossible de lire dans mes pensées, je fus très surpris. Je sautai sur mes pieds.

— Où ça ? Il fait froid aujourd'hui.

— Pourquoi on n'irait pas à Mip'o ? Je connais un coin où on pourra s'amuser sans s'occuper du froid.

Par Mip'o, il fallait entendre le ruisseau, près du bosquet de pins, à environ cinq lis de l'école. Pour les adultes, ce n'était qu'un endroit désolé, où ne se trouvaient plus que les ruines d'une usine datant de l'époque japonaise, et détruite au cours d'un raid aérien. Mais ces bâtiments à demi effondrés constituaient un parfait terrain de jeu.

— D'accord.

— Allons-y tous ! braillèrent les autres élèves qui nous écoutaient, plus excités que moi.

Je n'avais aucune raison valable pour refuser. Pour éviter d'avoir l'air soupçonneux, je n'avais pas d'autre solution que d'accepter, ce qui m'interdit d'aller trouver le maître de mon propre chef, après la classe. Même si je m'étais mis en route sans grand enthousiasme, je conserve de cet après-midi-là un souvenir particulièrement heureux. Presque toute la classe s'apprêta à partir, mais Sokdae ne choisit que dix élèves environ pour nous accompagner, apparemment de façon aléatoire. En vérité il effectua ce choix en parfaite connaissance de cause.

A peine étions-nous arrivés à Mip'o et avions-nous trouvé une place en plein soleil dans la ruine d'un des anciens bâtiments de l'usine que Sokdae demanda :

— Vous avez de l'argent, non ?

Cinq ou six élèves vidèrent leurs poches, rassemblant une somme d'environ trois cent soixante-dix wons, ce qui n'était pas mal pour l'époque. Sokdae désigna deux enfants et les envoya acheter bonbons et limonade. Puis il se tourna vers les autres.

— Lesquels d'entre vous vivent dans ce village de l'autre côté de la rivière ? Cinq ou six élèves levèrent la main. Alors, allez-y et rapportez des cacahuètes et des patates douces. Si vous dites que vous faites une sortie de sciences naturelles avec le chef de classe et toute la classe, vos familles n'y verront que du feu. Le groupe parti, il ajouta : Ramassez du bois, vous. Il y a encore du soleil, mais ça devient frisquet et il faudra faire cuire les patates et les cacahuètes.

Maintenant que j'étais tout à fait intégré et que j'avais ma place dans l'empire de Sokdae, il était naturel que je me retrouve dans ce dernier groupe. Mais, au moment où je me levais pour aller ramasser du bois avec les autres, Sokdae m'arrêta :

— Han Pyongt'ae, reste là. Je veux que tu m'aides à faire quelque chose.

Je fus à nouveau pris de court, mais il ne m'avait retenu qu'avec les meilleures intentions. Il ramassa quelques pierres pour préparer l'emplacement du feu. Ce fut là tout son travail, et il se contenta ensuite de parler avec moi. C'était là plus qu'un simple pardon pour mes diverses fautes. J'étais bien sûr à ses ordres, mais à un rang supérieur à celui de tous les autres.

Enfin, quand tous les élèves furent revenus, ce bâtiment à demi détruit, sans toit, devint le plus joyeux des terrains de jeu. Qu'y avait-il de plus excitant et de plus joyeux pour des enfants qu'un feu de camp en hiver ? De plus, cacahuètes et patates douces furent empilées sur le feu, et, en attendant qu'elles soient prêtes, nous avions plus de bonbons et de limonade que nous ne pouvions en avaler.

Nous mangeâmes, bûmes et jouâmes bruyamment jusqu'à ce que le soleil descende. Nous jouâmes à chat perché et à cache-cache, avant d'organiser un concours de chant. Nous rîmes à gorge déployée en chantant *Che sara*. Un garçon baissa son pantalon et montra son petit piment vert. Il tira le prépuce aussi loin que possible et, s'en servant comme d'une corde et de son index comme d'un archet, il se mit à jouer du violon. Un autre, ses mains devant la bouche, imita remarquablement le son d'une trompette, pendant qu'un troisième se tapait sur le ventre comme sur un tambour. Un autre imita un chanteur, un autre encore fit le tour du terrain en multipliant sauts de mains et sauts périlleux.

Le plus extraordinaire fut pourtant l'attitude de Sokdae. Il était deux fois plus amical que d'habitude. Il me traita différemment des autres et orienta notre festin un peu comme si j'en avais été l'invité d'honneur. En vérité, je peux même dire que, ce jour-là, il m'avait placé à égalité avec lui. Je vais peut-être trop loin, mais je pense que ce mauvais garçon, sentant que je constituais une menace pour lui, tentait de me gagner à lui en me faisant partager le goût du pouvoir.

Quoi qu'il en soit, j'étais totalement enivré par le traitement spécial dont Sokdae me faisait profiter. En rentrant chez moi, à la nuit tombante, j'avais même abandonné toute idée de révéler au maître son terrible secret et de tenter d'en tirer parti. Je croyais et je voulais que son empire soit éternel, je croyais et je voulais que les avantages que j'en retirais soient éternels. Et pourtant, en l'espace de quatre mois, ces espoirs et ces croyances furent anéantis, et Sokdae disparut de notre monde.

Les épisodes de cette révolution particulière, même si ce fut trop soudain et trop étrange pour être appelé une révolution, se déroulèrent de la façon suivante :

En passant en sixième, nous commençâmes à préparer activement l'examen d'entrée au collège. Nous eûmes un nouveau maître.

Celui-ci était très jeune, sorti depuis quelques années à peine du centre de formation pédagogique de l'Ecole normale. Il n'avait pas encore beaucoup d'expérience, mais ses capacités et son honnêteté étaient reconnues, et il avait été spécialement choisi pour s'occuper d'une classe d'examen.

Comme il convient à une personne sélectionnée parmi beaucoup d'autres, notre maître nous montra qu'il était différent dès les premiers jours de classe. Suffisamment pour ne pas laisser passer ni prétendre ne pas voir les petites choses, il nous réprimanda explicitement dès la fin de la classe.

— Pourquoi cette classe est-elle si morne ? On dirait que vous attendez toujours de voir comment réagit le voisin.

Après à peine trois jours, sa perspicacité exceptionnelle lui avait permis de saisir l'essence du problème. Il y eut une nouvelle élection du chef de classe, puisque c'était une nouvelle classe. Mais quand Sokdae fut élu avec cinquante-neuf des soixante et une voix, le maître se mit en colère.

— Qu'est-ce que c'est que cette élection ? L'unanimité, si on excepte son propre vote et un bulletin non valide ? Nous allons recommencer.

Sokdae, comprenant son erreur, tenta immédiatement de reprendre la situation en main. Mais lorsqu'il eut obtenu cinquante et une voix, le maître réagit de la même façon.

— Qu'est-ce que ça veut dire ? Mis à part Sokdae, les neuf autres ont obtenu une voix chacun ! Mais qu'est-ce que c'est qu'une élection dans laquelle il n'y a pas d'opposition ?

Déchargeant ainsi sa colère, il lança un regard furieux à Sokdae puis au reste de la classe. Néanmoins, il le confirma en tant que chef de classe, le résultat du vote ne lui laissant guère d'autre choix, mais on peut dire que notre étrange révolution commença ce jour-là.

— Ah les lâches ! Qu'est-ce que c'est que ce comportement ? Toujours regarder ce que fait le voisin !

Chaque fois qu'il y avait un problème difficile en mathématiques, il appelait Sokdae au tableau. Celui-ci, en se préparant de son mieux, essayait bien de s'en tirer, mais le maître ne semblait pas du tout prêt à s'en satisfaire. La rebuffade qu'il fit subir à Sokdae le lendemain du premier test d'évaluation en est un parfait exemple.

— Om Sokdae ! Comment peux-tu obtenir de si bons résultats lors des compositions et être si mauvais en classe ? Je ne comprends pas !

Le maître ne semblait pas deviner sa tromperie. Il y avait toujours un éclair de suspicion dans son regard, mais il dut reconnaître à contrecœur l'autorité du chef de classe et l'ordre qu'il avait imposé.

Malgré cela, l'attitude de notre maître eut une profonde influence sur le comportement de la classe. Quand il devint clair, petit à petit, qu'il n'était pas du côté de Sokdae, et que, bien loin de lui accorder la même confiance démesurée que notre ancien maître, il le soupçonnait, les élèves, qui n'auraient jamais bougé le semestre précédent, en dépit de tout ce que j'avais dit, commencèrent à se remuer. Même s'ils n'osaient pas affronter Sokdae en face, il y eut de petits actes d'opposition, et quelques-uns choisirent d'aller directement voir le maître plutôt que Sokdae quand survenait un problème.

Je le dis et je le répète, Sokdae était différent. Même s'il était plus âgé que nous, ce n'était malgré tout qu'un garçon de quinze ou seize ans, mais il savait déjà quand il lui fallait prendre patience ou abandonner du terrain. Il semblait avoir un instinct pour ce genre de choses. Ce qu'il aurait jusque-là réglé avec ses poings, il le réglait dorénavant avec un froncement de sourcils, et ce qui provoquait un froncement de sourcils ne lui arrachait plus qu'un sourire. Et il s'abstenait de réagir à l'encontre de ceux des enfants qui, l'esprit prompt, s'abstenaient de lui payer leur tribut. Il s'interdit complètement des expressions comme : "Tiens, c'est pas mal, ça !" ou :"Prête-le-moi !"

Je pense que Sokdae savait parfaitement quel danger l'échange de copies lui faisait courir, mais il ne pouvait pas l'arrêter. C'est comme s'il se trouvait déjà sur le dos du tigre. Il ne lui restait plus qu'à aller jusqu'au bout. J'imagine qu'il aurait pu faire une croix sur ses résultats scolaires, mais il n'était absolument pas question pour lui de renoncer à ce qu'il était depuis deux ans, à savoir Om Sokdae, le premier de l'école.

En fin de compte, la crise se précipita avec l'annonce des résultats après les premières compositions, vers la fin du mois de mars. Ce jour-là, le maître entra en classe, le visage gris et tranchant. Il lut immédiatement nos notes, et ajouta froidement :

— Om Sokdae, avec quatre-vingt-dix-huit points de moyenne, est le premier de toutes les sixièmes. Aucun des autres ne se trouve parmi les dix premiers. Voilà un mystère dont je veux avoir la solution aujourd'hui même.

Et il appela Sokdae d'une voix dure. Celui-ci, s'efforçant d'avoir l'air calme, se dirigea vers le pupitre.

— Va dans le coin, et allonge-toi sur l'estrade, dit le maître, sans donner d'explication.

Une fois Sokdae allongé, le maître prit l'épaisse baguette qu'il avait apportée en classe avec le livre d'appel et l'abattit sur ses fesses.

La classe, brutalement silencieuse comme sous le coup d'un jet d'eau glacée, retentit du bruit des coups et de la respiration saccadée de Sokdae qui tentait de résister à la douleur. La baguette, plus épaisse que le poignet d'un nouveau-né, commença à se fendiller, et des échardes jaillirent en tous sens. Pourtant, bien plus que la sévérité de cette raclée, c'est le fait que Sokdae puisse être battu qui me choqua le plus.

Sokdae battu ! Sokdae si pitoyable, si lamentable ! Ce ne fut pas un choc pour moi seulement, mais aussi pour toute la classe. Et il était évident que c'était justement ce que recherchait le maître. Entre-temps, la baguette avait diminué de moitié, mais le maître continuait à frapper. Se tortillant comme pour échapper à la souffrance, Sokdae finit quand même par s'effondrer dans un gémissement.

Le maître semblait attendre cet instant. Il abandonna Sokdae et revint vers son pupitre. Il chercha la copie de Sokdae et retourna vers celui-ci.

— Regarde ça, Om Sokdae. Tu vois la trace de la gomme là où il y a ton nom ?

Je réalisai soudain que le maître avait percé le secret de Sokdae. Plutôt qu'un sentiment de sympathie ou de crainte pour Sokdae, je ressentis alors une intense curiosité de savoir ce qui allait arriver. Je me demandai ce qui allait se passer s'il niait tout méfait, comme lors de l'histoire du briquet, et si les autres élèves allaient se grouper derrière lui, comme ils l'avaient fait alors.

— Je suis désolé.

Voilà la réponse décevante qui lui fut arrachée après un long silence. Après tout, ce n'était qu'un garçon de quinze ou seize ans, un être humain dont la résistance physique est limitée. Mais c'était sans doute le but de la terrible raclée que de lui arracher précisément cette réponse-là.

Quand ils entendirent la réponse de Sokdae, une autre vague vint secouer les élèves, quoique invisible. Sokdae renonce ! Une chose aussi improbable, là, devant leurs yeux. C'est ce que je ressentis aussi. Je tressaillis involontairement en l'entendant.

La réputation d'homme capable qu'avait le maître était probablement due à un esprit précis et méthodique. Sans perdre de temps, il passa immédiatement à la phase suivante, sans laisser à Sokdae le temps de réfléchir après sa capitulation.

— Parfait. Monte sur l'estrade. Mets-toi à genoux, assis sur les talons, bras en l'air.

Il s'approcha de Sokdae comme s'il allait recommencer la raclée. D'après ce qui suivit, on peut en conclure que Sokdae avait sans doute été temporairement assommé par cette attaque surprise. Il se dirigea vers le pupitre, se dandinant maladroitement, comme un animal conduit au fouet, leva les bras et s'agenouilla.

L'ancien Sokdae semblait de la même taille que le maître. En fait, vus séparément, on aurait même pu croire que Sokdae était plus grand. Mais, ce jour-là, sa silhouette agenouillée se rétrécit soudain. Notre chef de classe d'hier, grand et fort, avait disparu sans laisser de trace, laissant la place à un garçon comme nous tous, qui recevait une raclée indécente. Au contraire, notre maître m'apparut comme deux fois plus grand et deux fois plus large. Et il restait là, nous regardant d'en haut, avec l'air d'un géant omniscient. Je ne peux que le supposer, mais j'imagine que tous les élèves ressentaient la même chose, et, d'après ce que je sais, il me semble que c'était précisément ce que le maître avait en tête depuis le début.

— Park Wonha, Hwang Yongsu, Yi Ch'igyu, Kim Munse…

Le maître appela six garçons. C'étaient les meilleurs élèves de la classe, ceux qui avaient, chacun à leur tour, échangé leurs copies avec Sokdae. Leurs visages livides et embarrassés convergèrent vers le pupitre du maître. La voix de celui-ci devint un peu plus douce.

— Je sais que lors des compositions du mois dernier vous avez tous effacé votre nom et écrit un autre nom sur vos copies. Alors ? Faudra-t-il aussi vous battre pour vous faire parler ? Ou bien allez-vous me répondre sans hésiter si je vous le demande gentiment ? Quel était ce nom ? Avec qui avez-vous échangé vos notes ?

Le maître n'en avait pas fini avec ses questions. Les yeux de Sokdae, vagues et à demi clos, se dressèrent soudain, laissant échapper un éclair de frayeur. Ses épaules, qui s'affaissaient sous le poids de ses bras tendus, furent soudain droites et solides. Les garçons tressaillirent à cette vue. Mais le vent avait tourné. Ils avaient constaté la faiblesse de Sokdae, et choisirent sans l'ombre d'une hésitation de répondre au maître, qui avait la force de son côté.

— Om Sokdae ! répondirent-ils tous ensemble.

Immédiatement Sokdae ferma les yeux, comme sous le coup de la douleur. Même si elles restaient visiblement closes, il me sembla que ses lèvres laissaient échapper un gémissement venu du plus profond de lui-même.

— Bien. Voyons maintenant, pourquoi en êtes-vous arrivés à faire une chose pareille ? Commençons par Hwang Yongsu.

Le maître avait parlé d'une voix plus douce encore que s'il avait cajolé. Sa baguette baissée, il semblait vouloir signifier qu'il accorderait son pardon à ceux qui lui répondraient franchement. S'accrochant à cet espoir, les garçons, comme si Sokdae n'était plus là, commencèrent à expliquer leurs raisons. Des choses comme : J'avais peur qu'il ne me frappe, ou : Il me punissait sans raison, ou : Je ne voulais pas être exclu des jeux, les choses dont j'avais moi-même souffert.

— C'est bon. Et que ressentiez-vous en faisant ça ?

Les élèves interrogés avouèrent tout. La moitié admirent qu'ils avaient tort et se sentaient coupables, l'autre moitié qu'ils avaient peur que le maître ne s'en aperçoive. Mais je ne compris pas la réaction du maître. A peine les garçons en eurent-ils fini que son visage changea brusquement.

— Ah, c'est comme ça ? cracha-t-il. Regardant les six coupables d'un air glacé, il cria d'une voix suffisamment forte pour nous faire tous sursauter.

— Vous tous, sur l'estrade, et allongés !

Et il se mit à leur administrer une raclée, dix coups chacun. Il frappa suffisamment fort pour que chaque enfant s'effondre deux ou trois fois. A la fin, la salle de classe retentit du bruit de leurs reniflements.

— Debout, tous !

Les reniflements se calmèrent, et le maître s'adressa aux six garçons, retenant difficilement sa colère.

— Si cela avait été possible, j'aurais évité de lever la main sur vous. L'échange des copies aurait pu être à la rigueur excusé si vous aviez été victimes d'une menace de la part de Sokdae. Mais quand je vous ai entendus avouer ce que vous ressentiez en agissant ainsi, je n'ai pas pu me retenir. Ce qui vous appartenait de plein droit vous a été arraché, et vous n'étiez même pas vraiment en colère. Vous vous êtes inclinés devant une force injuste et vous n'en avez même pas honte… Et dire que vous êtes les meilleurs de la classe ! Si vous continuez à vivre et à agir ainsi, vous en souffrirez tellement que la raclée d'aujourd'hui ne sera rien en comparaison. Je n'ose même pas imaginer quel genre de monde vous allez créer quand vous serez adultes. A genoux sur l'estrade, et bras levés ! Méditez un peu sur ce que vous êtes !

Je pense que le maître essayait de nous enseigner quelque chose qui était un peu trop difficile à comprendre. Aucun d'entre nous ne comprit réellement ce qu'il voulait dire. Et, de fait, quelque trente ans plus tard, certains d'entre nous n'ont toujours pas compris.

Quand le maître se tourna enfin vers le reste de la classe, les six garçons, le visage ravagé de larmes, étaient déjà agenouillés côte à côte sur l'estrade.

— Pour le moment, j'ai découvert que Sokdae et ces élèves-là avaient échangé leurs copies de composition. Mais ça ne me suffit pas. Si vous voulez rebâtir votre classe, il faut commencer par faire le ménage des mauvais jours du passé. J'ai tendance à penser que Sokdae a accompli bien d'autres méfaits. Je veux que chacun d'entre vous, en commençant par le numéro un, nous dise tout des mauvaises actions de Sokdae. Tout ce qu'il vous a fait subir.

Cette fois-là encore, il avait commencé avec une voix douce. Mais la colère réapparut quand il constata que nous hésitions à parler devant Sokdae, qui nous observait de tous ses yeux.

— J'ai entendu parler de ce qui s'est passé l'année dernière. Votre maître précédent m'a dit que personne n'avait écrit quoi que ce soit concernant les méfaits de Sokdae. Il en avait conclu qu'il n'y avait pas de problème dans la classe et avait continué à lui faire confiance. C'est la même chose pour moi aujourd'hui. Si vous ne me racontez rien, je n'aurai pas d'autre solution, une fois l'incident de l'échange des copies terminé, que de faire à nouveau confiance, comme avant, à Sokdae. C'est ça que vous voulez ? Parlez ! Numéro un !

Cela eut un effet immédiat. En fait, les élèves n'étaient pas aussi falots que je le pensais. Ils ne savaient tout simplement pas comment combiner leurs forces, mais la colère et l'humiliation qu'ils ressentaient au fond de leur cœur étaient différentes des miennes. Leur participation au changement aussi. Maintenant qu'elle était venue jusqu'à leur porte et menaçait de s'interrompre, ils s'y accrochaient.

— J'ai prêté à Sokdae mon taille-crayon, et il me l'a pas rendu. Il m'a pris une bille d'acier une semaine où on avait le droit d'en avoir…

Le numéro un, le deux, le trois, le quatre laissèrent sortir tout ce qu'ils savaient. Les méfaits de Sokdae étaient déversés comme l'eau jaillissant d'un barrage. Il y avait les reproches sexuels, comme d'avoir été obligé de soulever les jupes des filles, ou de se savonner les mains et de se masturber. Il y avait aussi l'exploitation économique, comme d'obliger les enfants de boutiquiers à donner tant par semaine, les enfants de fermiers à apporter fruits et graines, et ceux des colporteurs à fournir de la ferraille pour pouvoir l'échanger contre des caramels. Et des choses comme nommer un garçon chef de groupe contre cent wons, ou rassembler l'argent pour un projet de nettoyage de l'environnement et s'en approprier une partie. De même ressortit l'essentiel de l'histoire de tout ce qu'il avait fait contre moi le semestre d'avant.

L'attitude des enfants qui dénonçaient Sokdae était extraordinaire. Au début, ils regardèrent le maître en parlant d'une voix haletante. Puis, petit à petit, leurs voix montèrent, leurs yeux s'allumèrent, et ils se mirent à regarder directement Sokdae. Finalement, ils en vinrent à s'en prendre à lui plutôt que de le dénoncer au maître. Ils employèrent même des chien et des salaud, ce qu'ils n'auraient pas osé faire en temps normal.

Mon tour vint enfin. Numéro trente-neuf.

— Je ne sais vraiment rien, dis-je, regardant directement le maître. La salle devint instantanément silencieuse. Mais, l'instant d'après, ce furent mes camarades, et non le maître, qui s'en prirent à moi.

— Quoi ! Tu prétends que tu ne sais rien !

— Salaud ! T'es qu'une marionnette de Sokdae !

— T'es qu'une lavette !

Ils se mirent à m'insulter comme s'ils avaient voulu m'agresser, n'était la présence du maître. Je vacillai devant leur désir meurtrier, devant la force cauchemardesque de leur attaque, mais je tins bon.

— Je ne sais pas. Il n'y a pas très longtemps que je suis arrivé...

Je ne les regardai pas. Je fixai le maître et répétai ce que j'avais dit. Les élèves s'en prirent à moi plus violemment encore. Le maître, qui me dévisageait calmement, avec un air indéchiffrable, les fit taire.

— Je vois. Numéro quarante.

Ma raison de me comporter ainsi était faite pour moitié de sincérité et pour moitié d'orgueil. Même si j'avais été particulièrement proche de Sokdae ces quatre derniers mois, il avait tout fait pour dissimuler les choses les plus intimes et les plus honteuses. Ce que j'avais souffert à cause de lui m'avait atteint indirectement. Je n'avais aucune preuve. Et la majeure partie avait déjà été révélée par les autres. De plus, ma situation pendant cette année de sixième n'était pas particulièrement propice pour me permettre de découvrir les méfaits de Sokdae. Pendant le premier semestre, j'avais été seul opposant, et pendant le second, son bras droit, ce qui m'empêchait d'être le genre d'ami auquel on confie ce qui vous tourmente. Il en résultait que je n'avais qu'une vague idée de l'existence de ces choses mauvaises. Je n'avais vraiment aucun moyen de savoir ce qui se déroulait secrètement dans chaque coin de la classe.

L'orgueil, ou le respect pour moi-même, que je ressentis ce jour-là fut provoqué par l'attitude de mes camarades qui dénonçaient Sokdae. Les plus zélés et les plus agressifs à révéler ses mauvaises actions peuvent être grossièrement divisés en deux groupes : ceux qui avaient sincèrement essayé de gagner les faveurs de Sokdae, mais qui, pour une raison ou une autre, avaient échoué, et ceux qui avaient été, jusqu'à ce matin-là, de son côté et avaient accompli ces mauvaises actions en son nom. Même s'il ne faut pas nécessairement longtemps à un homme pour se repentir – on dit qu'un boucher peut devenir un bouddha s'il abandonne son couteau – leur soudaine manifestation de droiture ne me convainquit guère. Maintenant encore, je n'accepte pas les gens qui se convertissent à une autre religion du jour au lendemain, ou ceux qui changent d'idéologie brusquement, en particulier lorsqu'ils gesticulent en public. Certes, si j'avais voulu m'en prendre à Sokdae, ce ne sont pas les moyens qui m'auraient manqué, mais je restai silencieux ce jour-là en raison d'une sorte d'orgueil qui était en fait une réaction contre l'attitude des autres. Ils m'apparaissaient comme de parfaits hypocrites, des apostats qui avaient attendu la chute de Sokdae pour s'en prendre à lui et le piétiner une fois tombé.

Le numéro soixante et un fut le dernier. Quand il en eut terminé avec sa dénonciation, la cloche retentit. Mais le maître ignora la fin de la première heure de cours.

— Bien, j'estime que c'est une bonne chose que vous ayez retrouvé votre courage. Il semble que l'on puisse à nouveau s'en remettre à vous pour l'avenir, et c'est heureux. Néanmoins, vous devez payer pour cela. En premier lieu, en raison de votre lâcheté, et en second lieu pour cette leçon qui concerne votre avenir. Il n'est pas si facile que cela de retrouver une chose perdue. Si vous n'apprenez pas maintenant, la prochaine fois qu'une telle chose vous arrivera, vous attendrez encore un maître comme moi. Et quelles que soient les souffrances et les difficultés, vous ne vous y opposerez pas et vous ne saurez pas ce que vous avez perdu. Vous attendrez toujours que quelqu'un s'en charge à votre place.

Après en avoir terminé, le maître se dirigea vers le placard et en sortit un balai avec un manche de chêne. Il vint se replacer devant l'estrade et ordonna, à voix basse :

— Venez ici un par un, en commençant par le numéro un.

Ce jour-là, nous reçûmes tous cinq coups. Des coups violents, comme les élèves qui avaient déjà été battus, et la classe se transforma une fois encore en mer de larmes.

— Voilà : votre maître a fait tout ce qu'il pouvait faire pour vous. Retournez à vos places. Om Sokdae aussi. Je veux maintenant que vous discutiez pour savoir comment vous pouvez faire de votre classe la meilleure. Vous avez déjà appris comment tenir une réunion, et vous savez comment vous forger une opinion et voter. A partir de maintenant, je m'assieds et je me contente de vous regarder faire.

La punition semblait l'avoir épuisé. Il alla s'asseoir dans son fauteuil, dans un coin de la classe. Rien qu'à le voir, sortant son mouchoir et épongeant son front, vous auriez pu deviner à quel point notre punition avait été sévère.

Je pensais que les élèves ne savaient pas, ou avaient oublié, comment organiser une réunion d'élèves, mais maintenant qu'ils en avaient l'occasion les choses furent très différentes. L'atmosphère était un peu irréelle, et ils firent preuve de quelque maladresse, parvenant toutefois, à leur façon, à imiter les enfants de Séoul. Leur hésitation à parler ne dura pas. Ils reprirent vite confiance en eux-mêmes. Ils rédigèrent des motions qu'ils soutinrent et votèrent. Ils décidèrent d'abord de former un comité intérimaire, avec pour tâche de superviser de nouvelles élections de délégués.

Cela peut sembler un peu tardif, mais cela explique pourquoi j'appelle la chute de Sokdae une révolution, même si elle n'avait rien de très révolutionnaire. Quoique nous devions à notre maître une grande part de notre force et de notre volonté de détruire l'empire de Sokdae, la construction de l'ordre nouveau fut indubitablement le produit de nos forces et de nos volontés. En employant le mot révolution, j'ai voulu respecter les efforts de notre maître, qui faisait tout pour nous rappeler que l'événement de ce jour-là était le fruit de notre propre capacité, de notre propre volonté. Kim Munse, chef de classe adjoint, fut élu à main levée. Suivant ses recommandations, les élèves élurent le comité intérimaire chargé de vérifier et d'enregistrer les bulletins de vote.

Finalement, l'élection eut lieu. Elle dura deux heures. Théoriquement, seuls le chef de classe, le chef adjoint et le trésorier étaient choisis par élection, mais, cette fois-ci, les cinq responsables des commissions du comité et même les chefs de groupe furent élus. Ce fut le début d'une tendance à faire des élections pour tout, qui sema une certaine confusion dans notre classe.

Le dépouillement des bulletins était presque terminé. Il n'y avait pas eu de candidatures, ce qui faisait que presque la moitié des noms étaient inscrits au tableau, avec presque tous le même nombre de voix. Soudain, nous entendîmes le bruit de la porte arrière de la classe qu'on ouvrait violemment. Tous les regards étaient fixés sur le tableau des résultats.

Nous retournant, nous aperçûmes Sokdae, qui s'apprêtait à sortir.

Il s'arrêta et nous regarda férocement.

— Faites comme vous voulez, salauds !

Puis il s'enfuit prestement dans le couloir et se sauva. Le maître, occupé à surveiller les opérations, l'avait oublié. Il l'appela et se lança à sa poursuite, sans pouvoir le rattraper.

Cet événement déconcerta quelque peu les élèves, mais le décompte des voix reprit bientôt. Kim Munse obtint seize voix, Park Wonha treize, Hwang Yongsu onze, trois garçons respectivement cinq, quatre et trois voix. Il y eut encore quelques voix dispersées et deux bulletins nuls, en tout soixante et un bulletins.

Sokdae n'obtint pas le moindre suffrage. On peut en conclure qu'il s'était sauvé pour ne pas avoir à subir l'humiliation du résultat définitif. Mais il n'avait pas seulement fui cette humiliation, puisqu'il ne revint plus jamais à l'école.

Bien que cela soit un peu gênant, je veux expliquer aussi ce qu'il y avait derrière ces deux bulletins nuls. L'un était indiscutablement celui de Sokdae, et l'autre était le mien. Je n'avais pas agi ainsi en réaction contre la révolution. Ce n'était pas plus une tentative de m'accrocher à un ordre en décomposition, ni une nostalgie quelconque envers un pouvoir perdu. Car, à partir du feu allumé par notre maître, l'ardeur de la révolution m'avait aussi atteint peu à peu, et ce que j'attendais de notre nouvelle classe était comparable à ce qu'en attendaient les autres.

Néanmoins, au moment de choisir un chef de classe, je plongeai en pleine confusion. Il n'y avait aucun garçon supérieur aux autres, soit par son travail, soit par ses poings, soit par un talent quelconque, qui pût être exempté des critiques dirigées contre Sokdae. Tous les meilleurs ou bien l'avaient aidé à tromper le maître et à en gagner les faveurs en trichant lors des compositions, ou bien l'avaient secondé pour faire régner son ordre impitoyable. C'étaient eux qui m'avaient fait souffrir le plus quand je me battais seul contre Sokdae et, quand je devins, par un renversement soudain, plus proche que tous de celui-ci, ce furent encore eux qui me jalousèrent et m'envièrent.

Mais je ne pouvais pas non plus soutenir les imbéciles qui, après six ans, ne pouvaient toujours pas réciter leurs tables de multiplication, ou les crâneurs tout juste capables de s'en prendre aux petits du premier rang, qui éclataient en sanglots à la moindre bagarre.

Et je ne pouvais pas non plus me présenter : jusqu'à ce matin-là, je m'étais parfaitement contenté des faveurs spéciales dont Sokdae me gratifiait. Aussi mon vote fut-il au fond une abstention déguisée en bulletin nul. Mon misérable nihilisme, qui m'empêchait d'appréhender la réforme avec optimisme, commença sans doute à fleurir ce jour-là.

Pourtant, quels qu'aient été mes sentiments personnels, les élections eurent lieu calmement, et nous fûmes si consciencieux dans notre marche vers l'autodétermination que même les chefs de groupe furent élus. L'essentiel des règles qui dictaient notre vie quotidienne fut modifié. Tout était décidé par un débat et un vote, au point que me semblaient ridicules mes souvenirs de Séoul. Par voie de conséquence, toute contrainte, autre que celles qui étaient prévues par l'école ou le maître, fut proscrite. La révolution du 19 Avril éclata peu après le départ de Sokdae, mais je n'oserais pas affirmer qu'elle ait eu une influence quelconque sur des gens aussi jeunes que nous.

Naturellement, la révolution apporta son content de confusion et de fatigue. Et, indépendamment de cela, nous eûmes à en payer un prix exorbitant, quelques mois plus tard, à l'intérieur comme à l'extérieur, pour ne pas avoir été capables de mener à bien l'éclatement et la conclusion de notre démarche.

Confusion et désorientation furent le prix à payer pour la déformation de nos consciences. Encouragés par le maître et par un sentiment de triomphe sans fondement, une partie d'entre nous se montrèrent excessivement progressistes, alors que ceux qui ne s'étaient pas encore complètement libérés du poids de l'ordre de Sokdae ne savaient quoi faire. Il en alla de même pour les responsables. Si j'emploie des mots d'adultes, d'une part, ils penchaient de tous côtés avec la majorité, trop fidèles aux principes démocratiques, de l'autre, incapables de liquider totalement l'autoritarisme, ils rêvaient secrètement de devenir de petits Sokdae.

De plus il y avait une boîte à idées, qui en fait ne servait pas à recueillir les doléances de citoyens, mais permettait plutôt à des complots de prendre forme, tant et si bien que, chaque semaine, un membre du conseil était destitué.

A l'extérieur de l'école, ce fut la vengeance cruelle de Sokdae qui nous fit souffrir le plus. Pendant presque un mois à compter de sa disparition, il fallut compter chaque jour sur une absence. Sokdae s'arrangeait pour occuper une situation avantageuse et ainsi empêcher quelques garçons de venir à l'école. Et cela ne se limitait pas à une journée d'absence involontaire : il les traînait dans quelque coin reculé, et, là, leur faisait payer le prix de leur trahison. Sans aller toujours aussi loin, il se contentait quelquefois de déchirer leur sac avec un couteau ou de jeter ce sac, livres et casse-croûte inclus, dans une fosse septique. Sa vengeance s'avéra si acharnée que certains en vinrent à regretter ouvertement de l'avoir jeté dehors.

Avec le temps, toutefois, les défis internes et externes furent relevés.

D'abord Sokdae. La méthode du maître fut une fois de plus assez particulière. Pour une raison quelconque, il s'en prit aux élèves que Sokdae avait obligés à être absents, et les punit avec des raclées et des réprimandes plus sévères que jamais, même si ceux-ci n'y pouvaient rien.

— Cinq d'entre vous qui se laissent impressionner, une journée entière, par un seul garçon !

Ou encore :

— Vous aviez les mains attachées, peut-être ?

Puis il les battait sans pitié, comme s'il était soudain devenu un autre homme. Nous ne comprenions pas, mais cela produisit vite un effet.

Un jour, cinq garçons particulièrement durs, du quartier du marché aux bestiaux, s'en prirent à Sokdae. Celui-ci fut plus féroce que jamais, mais les cinq autres l'attaquèrent comme si leur vie en dépendait, et il finit par être chassé, ne faisant pas le poids contre cinq. Le maître leur fit des compliments devant nous tous, leur offrant à chacun le livre du président Kennedy, *Le Courage en politique*, qui avait beaucoup de succès à l'époque. Le lendemain, il arriva exactement la même chose avec les garçons qui venaient de Mich'ang. Sokdae ne réapparut plus jamais.

L'attitude de notre maître à l'égard de notre désordre fut tout à fait différente. Si bruyante que soit devenue notre classe, et si brouillon que soit devenu notre travail, en raison des incompréhensions ou des querelles, le maître n'y prêta pas la moindre attention. Il ne nous donna pas le moindre conseil, même quand les réunions du conseil se résumaient à trois ou quatre heures d'affrontement le samedi après-midi ou quand le chef de classe et son adjoint étaient remplacés au moins une fois par mois, en raison de nouveaux troubles provoqués par une information secrète en provenance de la boîte à idées, et concernant une faute dérisoire. Il se contentait de regarder calmement, sans donner de conseils.

En conséquence, il se passa presque un semestre entier avant que notre classe retrouve son rythme normal. Après les vacances d'été, l'examen d'entrée au collège ne fut plus qu'à trois ou quatre mois devant nous, ce qui absorba toute l'attention des élèves intelligents. Mais la véritable raison en était que nous avions tiré la leçon de l'expérience sous la forme d'une certaine maîtrise de nous-mêmes. Pendant ces cinq ou six mois passés à nous chamailler, à couper les cheveux en quatre, à nous affronter et à nous agiter, nous avions appris ce que signifiait se contrôler. Il faudrait encore un long moment, néanmoins, pour que nous puissions comprendre l'intention profonde de ce maître qui nous avait surveillés pendant tout ce temps.

Quand la classe redevint normale, ma conscience défigurée, dénaturée, retrouva sa forme première. En termes d'adultes, ma conscience de citoyen, qui m'avait fait défaut lorsque je m'étais abstenu à l'occasion de l'élection du nouveau chef de classe, reprit forme grâce à la confiance et à l'espoir, et, en fin de compte, ma croyance en la liberté et en la raison en fut revivifiée. De temps en temps, quand, par exemple, je voyais des élèves brailler ou discutailler sans fin sur des choses dénuées d'intérêt, tandis que la solution me paraissait toute simple, ou lorsque des garçons restaient à l'écart d'un projet qui rendait nécessaire la participation de tous, faisant échouer toute la classe, la façon de faire de Sokdae pouvait fugitivement sembler plus efficace. Il était difficile de résister à une telle pensée, mais ce n'était rien d'autre qu'une simple tentation.

Après la bagarre avec les garçons de Mich'ang, Sokdae disparut, non seulement de notre coin, mais même de la ville. J'entendis dire plus tard qu'il était allé rejoindre sa mère à Séoul. Celle-ci avait perdu son mari de bonne heure, et avait laissé Sokdae encore petit à ses grands-parents pour pouvoir se remarier.

Par la suite, ma propre vie fut agitée. Harcelé par les exigences de l'école et de mes parents, je ne sais pas comment je fis pour aller jusqu'au bout du semestre, mais grâce à la préparation frénétique de l'examen d'entrée, je parvins de justesse à entrer dans un collège d'un niveau correct. Les dix années suivantes furent consacrées aux études et aux examens. En conséquence, le souvenir de Sokdae, très vivant pendant un certain temps, finit par s'effacer, et quand enfin je me retrouvai dans la vie active, ayant péniblement fait mon chemin dans un lycée et dans une université de haut niveau, ce souvenir ne fut plus qu'un fantôme sans signification, une chose apparue et disparue au cours d'un bref cauchemar.

Néanmoins je n'oubliai pas Sokdae uniquement en raison du rythme fou ou des difficultés de ma propre vie. Ce fut plutôt parce qu'il n'y avait plus rien dans mon environnement pour me rappeler cette période de ma vie. Ayant grandi dans un cercle de grandes écoles et d'excellents étudiants, je n'eus plus à connaître cette sorte de répression ou de suppression des valeurs. La capacité et les efforts, en particulier les capacités intellectuelles, étaient devenus des facteurs décisifs, et, en passant dans des endroits où l'autonomie et la raison régnaient, Sokdae ne pouvait que rester enfoui, comme une sorte d'image de l'injustice.

Ce ne fut qu'après le service militaire qu'il me revint à l'esprit, à une époque où je me vautrais dans le bourbier de la vie. Cela dura quelque dix années. Tout d'abord, comme il incombe au produit d'une école de premier plan, j'entrai dans une grande entreprise. Deux années plus tard, sentant que ce n'était qu'un château bâti sur du sable, je la quittai et recommençai de zéro, cette fois-ci en tant que représentant qualifié. Je ne voulais plus gaspiller ma jeunesse et mon talent à travailler pour un groupe dans lequel il n'y avait pas de liberté, dans lequel la direction était pétrie de contradictions et où la progression des carrières était injuste. Rêvant à l'âge des représentants qui ne pouvait manquer d'avenir, je consacrai trois années à vendre avec zèle les produits des grandes entreprises de ce pays, produits largement défectueux et vantés par des publicités tout à fait mensongères. Tandis que je m'agitais avec mes catalogues pour médicaments, assurances ou accessoires pour autos, la seconde partie des années soixante-dix et ma jeunesse passaient.

Le temps de découvrir qu'un représentant n'était, dans ce pays, rien d'autre qu'un consommateur comme un autre, un produit jetable fabriqué par l'une des grandes sociétés, estampillé d'une date de validité de deux années au plus, j'étais déjà un pauvre père de famille d'âge mûr.

Ce que je constatai alors autour de moi me sidéra. Ces sociétés géantes, ces châteaux de sable, prospéraient largement. Les visages de mes anciens collègues, qui avaient été promus chefs de département, étaient ceux de la réussite. Un de mes camarades d'école s'était lancé dans l'immobilier, et les baux seuls lui permettaient de s'offrir le golf. Un ami avait ouvert une boîte avec trois fois rien et plastronnait avec l'argent qu'il s'était fait grâce à un produit dont lui-même ignorait tout. Un autre, que je croyais devenu militaire, occupait un poste de rêve dans l'administration centrale. Un autre encore, qui avait échoué même comme simple répétiteur et n'était entré que dans une école pire que tout, s'était débrouillé pour obtenir un doctorat aux Etats-Unis et jouait un peu partout au professeur.

J'étais pressé. Parvenu à ce stade, je n'étais plus attiré par les étapes peu gratifiantes de cette sorte de promotion, ni par les structures sociales sur lesquelles elle était bâtie, mais seulement par les avantages que mes amis et connaissances en tiraient. En un mot, je voulais me faire une petite place au bout de la table. Mais mon impatience m'enfonça plus profondément encore dans le marécage de ma vie. Je vendis mon appartement de trente-cinq mètres carrés, que je n'avais acheté qu'au prix de lourds sacrifices, et j'ouvris une agence dans un créneau à haut risque, avec de l'argent emprunté ici et là. Cette belle aventure me conduisit droit au chômage et à une chambre en location de quatre mètres carrés.

Sans travail, je pris du recul et vis bien mieux le monde. Ce fut vers cette période que je commençai à avoir le sentiment d'être passé dans un monde étrange. Là, mes notes d'école et mes autres résultats n'avaient plus cours. C'était comme si j'avais été jeté dans un royaume cruel qui avait ses règles propres. Et Om Sokdae commença à ressortir de la confusion du passé.

Dans un monde comme celui-là, il serait redevenu chef de classe, d'une façon ou d'une autre – j'en suis absolument certain –, une classe dans laquelle un Sokdae aurait à nouveau pu décider des classements, dans laquelle il aurait eu la haute main sur les récompenses et les réjouissances. De temps en temps, je rêvai que j'avais retrouvé avec bonheur cette classe-là, et que je profitais à nouveau de la vie à ses côtés, comme dans le bon vieux temps, et que le réveil serait décevant.

Par chance, le monde réel n'était pas comme notre ancienne classe. Il y avait quand même des endroits où le savoir pouvait être utilisé. Je trouvai à m'embaucher dans un institut privé. Il ne fonctionnait pas vraiment comme autrefois, et, quoique j'eusse quelque peine à m'adapter à la vie d'un lecteur si fraîchement embarqué dans cette voie, je fus en mesure de subvenir largement aux besoins de ma femme et de mes enfants. Et, en quelques mois, la vie s'était suffisamment améliorée pour me permettre de rêver que j'aurais ma propre maison. Mais cela ne changea rien à la conclusion à laquelle j'étais arrivé concernant Sokdae.

Des amis de l'époque de l'école primaire confirmèrent cette opinion quand je les rencontrai.

— C'est vraiment quelqu'un, ce Sokdae ! Je l'ai vu passer, à l'arrière d'une Grenada tout confort, avec un air supérieur !

— Je suis retourné chez nous, Sokdae y avait fait le vide. J'ai réuni des vieux amis pour boire un pot, mais ils n'ont parlé que de lui. Il paraît qu'il est descendu avec deux autres types et qu'il a littéralement nettoyé la grand-rue de tout l'argent qu'il y avait.

Ils parlaient tous avec de l'admiration dans la voix, mais j'avais le sentiment qu'ils le rabaissaient volontairement.

Notre Sokdae ne pouvait pas être aussi petit. Si c'était là ce qu'il pouvait faire de mieux en termes de succès, dans l'acception vulgaire du mot, cela ne pourrait pas expliquer ma vie, qui semblait vouée à l'échec.

Et notre Sokdae n'aurait pas eu à exposer tant d'argent et de pouvoir. Caché quelque part, il devait contrôler clandestinement le secteur du monde dans lequel j'évoluais, prêt à m'accueillir dès que j'abandonnerais mon souci de liberté et de justice. Si je mettais à sa disposition une partie de mes capacités, nul doute que, comme autrefois, il m'offrirait presque tout.

Je finis par le rencontrer. C'était l'été dernier. Je m'étais arrangé pour avoir quelques jours de congé au moment de l'examen d'entrée à l'université, et je voulais emmener ma femme et mes enfants à

Kangnung. Comme je voulais que ce soient de véritables vacances, je ne comptais pas lésiner sur les dépenses. Mais tous les tickets pour le train express Saemaul étaient vendus, et nous fûmes obligés de voyager dans un train incroyablement mauvais. Nous avions chacun un enfant sur les genoux, parce qu'ils étaient encore trop jeunes pour justifier l'achat de billets séparés. Les enfants étaient grincheux, les couloirs pleins de passagers et l'air conditionné ne fonctionnait pas bien. A peine arrivés à Kangnung, nous descendîmes en hâte du train pour nous précipiter vers la sortie. Soudain, une voix familière retentit derrière moi.

— Lâchez-moi ! Vous allez pas me lâcher !

Me tournant machinalement vers l'endroit d'où venait cette voix, je vis un robuste jeune homme, dont les bras étaient tenus par ce qui sembla être deux policiers en civil. Il se débattait pour se libérer. Il était vêtu d'un costume beige et portait une cravate brune assortie. Sa manche gauche avait été déchirée pendant l'altercation. Le visage, derrière des lunettes de soleil, me sembla étrangement familier. Je m'arrêtai sans m'en rendre compte.

— Gigote tant que tu veux. Tu es fait comme un rat. La gare est entièrement surveillée, cracha froidement l'un des policiers, sortant une paire de menottes de sa poche.

Le prisonnier redoubla d'efforts en les voyant.

— Salaud, c'est une raclée que tu veux ?

L'autre policier, incapable d'en supporter davantage, le frappa sur la bouche. Le coup fit voler les lunettes de soleil. Le visage du prisonnier apparut entièrement. Je fus bouleversé de reconnaître Om Sokdae. Trente années environ avaient passé, mais je pus reconnaître sur l'instant la haute lame de son nez, le menton dur et l'éclat dans ses yeux.

Je fermai les yeux comme si j'avais vu quelque chose que je n'aurais pas dû voir. Devant moi apparut une vision vieille de vingt-six ans : Sokdae à genoux sur l'estrade, les mains levées. Il n'avait ni la tragique beauté d'un héros vaincu, ni quoi que ce soit d'autre. Il n'était qu'un faible parmi nous tous.

— Qu'est-ce qu'il y a, chéri ? demanda ma femme, inquiète, en tirant doucement ma manche. Elle était debout près de moi, ignorant ce qui se passait. Je rouvris les yeux et regardai à nouveau en direction de Sokdae. On l'emmenait de force, tandis qu'il essuyait de ses mains attachées sa bouche qui saignait. Il me jeta un regard en passant, mais ne sembla pas me reconnaître.

Cette nuit-là, à côté de ma femme et de mes enfants endormis, je bus très tard. Je finis par verser quelques larmes. Mais quant à savoir si elles étaient pour lui ou pour moi, si elles étaient provoquées par un soulagement ou par un nouveau pessimisme, voilà ce que je ne pourrais dire.

L'OISEAU AUX AILES D'OR

Le vieux Kojuk ouvrit les yeux, avec le sentiment d'avoir été frôlé par quelque chose de rapide et d'intense comme une pluie. C'était déjà le matin, alors qu'il lui semblait qu'il venait seulement d'entendre la cloche de l'aube sonner à l'église toute proche. En raison des rayons de soleil qui inondaient la porte coulissante en papier, le châssis en bois se détachait particulièrement ce matin-là. Il allait regarder autour de lui – était-ce ce petit mouvement qui avait déplacé un peu d'air dans la pièce ? – quand un parfum d'encre pénétra ses narines. Etait-ce le *Jardin du vieux prunier* ? Non, c'était plutôt la *Ronde des ailes du dragon*, l'encre fabriquée à Taiwan que lui avait offerte le professeur Park. Ce dernier qui venait quelquefois dans son atelier, se prenant pour l'un de ses disciples, lui avait acheté ce souvenir, le printemps d'avant, lors de son voyage en Asie du Sud-Est. Déjà à cette époque, cloué au lit, Kojuk n'était plus en état de tenir son pinceau. Aussi, au lieu de lui en témoigner de la reconnaissance, il avait été attristé par ce cadeau.

— C'est pour que vous sentiez son parfum à votre chevet…

A ces mots, qui exprimaient la motivation du professeur Park, Kojuk s'était moqué de lui.

— Qu'est-ce que vous me dites là ? Suis-je donc devenu un fantôme pour en être réduit à renifler le parfum de l'encre ?

Mais telle était pourtant bien sa situation.

Sous prétexte que disciples et amis venaient s'enquérir de sa santé, et afin de ne rien modifier à l'ambiance dans laquelle il vivait depuis presque soixante ans, Ch'usu préparait chaque matin, à son chevet, une encre dont le parfum était aussi touchant que ses attentions.

Le parfum signifiait que Ch'usu était déjà passée. Cette sensation intense de pluie qui l'avait réveillé tout à l'heure avait sans doute été l'effet d'un rayon de soleil se glissant par la porte coulissante quand elle l'avait entrouverte. Kojuk, tout en réfléchissant, essaya lentement de se lever. Son corps à demi paralysé réagissait difficilement. Il hésita à appeler quelqu'un puis, changeant d'idée, se recoucha. Il ne voulait pas laisser rompre ce charme, cette quiétude du matin et cette solitude dont il ne souffrait même pas, par des visites de courtoisie et des attentions superflues.

Vraiment. Kojuk réfléchit en regardant distraitement les motifs du plafond. "Combien de matins comme celui-là ai-je accueillis tout au long de ma pauvre vie ? Sans personne, oui, sans personne..." De son enfance lointaine, d'innombrables souvenirs comparables lui revenaient. Un matin, au cours de sa cinquième ou de sa sixième année, il avait été réveillé, tout seul dans sa chambre, par le rayon de soleil qui inondait la porte. De l'extérieur lui était parvenu un sanglot sourd, étouffé. Puis, au moment même où il allait fondre en larmes avec un sentiment d'abandon, sa mère était tombée en le prenant dans ses bras, comme si elle avait perdu connaissance. Un autre souvenir. Il avait alors sept ou huit ans. Endormi la veille au soir avec sa mère, il s'était réveillé seul, une fois de plus. A l'instant même où il allait ouvrir la porte, effrayé tout à coup par le silence qui régnait dans la pièce, sa grand-mère était entrée et, tout en l'étreignant, avait murmuré en pleurant :

— Oh, mon Dieu ! Mon pauvre petit ! Que faire de cet enfant, maintenant ? Et cette espèce de garce qui n'a même pas attendu la fin du deuil…

Plus tard, après avoir emménagé chez son oncle, il s'était presque toujours réveillé seul le matin. Sa tante malade restait couchée dans une autre pièce et son oncle passait le plus clair de ses nuits dehors.

Comme il dormait dans la chambre de cet oncle, imprégnée de l'odeur des livres, il était généralement seul au réveil. Ces souvenirs d'enfance firent automatiquement renaître dans son esprit celui du jour où il avait plongé dans cette vie qui était la sienne depuis lors. Cela faisait quoi ? Cinquante, soixante ans ? Quoi qu'il en soit, c'était le jour où, vers l'âge de dix ans, son oncle l'avait conduit par la main, en quête de la maison de maître Soktam.

C'était curieux. Est-ce un signe de vieillesse que de se souvenir ainsi, involontairement, mais avec une telle clarté, une telle force, de certains moments du passé, jusque-là enfouis dans l'oubli. Ces derniers temps justement, Kojuk parvenait à se remémorer, avec force et clarté, le visage qu'avait ce maître, le premier jour. Bien qu'ayant à peine dépassé la quarantaine, sa physionomie était celle d'un pauvre lettré au seuil de la vieillesse.

— Comment faire autrement, Soktam ? Je vous demande de vous occuper de lui. Si seulement je pouvais rester dans ce pays, je parviendrais bien à l'élever d'une façon ou d'une autre ! avait dit l'oncle qui, poursuivi à l'époque pour un motif quelconque, avait décidé de se réfugier à l'étranger.

J'ai déjà confié ma femme malade à sa famille et je ne voudrais pas qu'il constitue une charge supplémentaire pour elle. Chargez-vous-en, je vous en prie. C'est l'unique enfant de mon frère aîné.

Mais Soktam, qui avait écouté l'oncle, sans manifester de sentiment particulier, l'avait interrogé au lieu de lui répondre directement :

— Vous rêvez de Shanghai, mais savez-vous exactement ce qui s'y passe ? On dit que ce prétendu Gouvernement provisoire installé là-bas n'a même pas les moyens de payer son loyer et consacre par-dessus le marché tout son temps à débattre de questions triviales. Et qu'est-ce qui vous garantit en plus que le maître Ch'un'gang y soit toujours ?

— Et ici, qu'est-ce qui se passe de si extraordinaire ? Bon, mais avec tout ça, vous allez vous en charger ou non ?

Alors maître Soktam l'avait regardé un moment, sans rien dire, pour finir par répondre avec un léger soupir :

— Pour le nourrir et l'habiller, je pourrais toujours me débrouiller. Mais élever un enfant, ça ne…

— Merci, Soktam. C'est l'essentiel. Ne vous en faites pas pour son éducation. On ne sait déjà pas où va le monde. Alors, comment voulez-vous qu'on fasse pour enseigner, même quand on a la vocation ? Je lui ai appris à écrire son nom, ça devrait lui suffire pour commencer.

L'oncle s'était ensuite tourné vers lui.

— Tu dois saluer. C'est le maître Soktam. Jusqu'à ce que je revienne te chercher, tu devras le servir comme tu servirais tes propres parents.

Mais l'oncle n'était jamais revenu. Beaucoup plus tard, c'est-à-dire vingt ans après ce jour, il avait entendu dire que son oncle devenu âgé se trouvait parmi les gens du Gouvernement provisoire qui revenaient dans leur patrie. Une affaire quelconque l'avait fait monter à Séoul à ce moment-là, mais il n'avait pu le retrouver.

Maître Soktam, condisciple et ami de longue date de cet oncle, descendait d'un confucéen renommé de la région de Yongnam, lui-même dépositaire de l'esprit de maître T'oegye. C'était plutôt un lettré qu'un savant, à l'image de ce Ch'usa, l'un des trois grands calligraphes de la dynastie Yi, que son maître Ch'un'gang avait vénéré toute sa vie durant.

— Est-ce que tu as appris à lire ?

C'était la première question que maître Soktam lui avait posée, après le départ de son oncle.

— J'ai terminé les *Premiers Exercices pour les enfants*.

— Alors lis les *Leçons élémentaires*, sinon tu ne sauras pas comment te comporter.

Rien d'autre. Pendant des années, il avait lu les *Leçons élémentaires* à plusieurs reprises, assis parmi les quelques disciples de son maître, mais celui-ci avait toujours refusé de le reconnaître comme tel. Il avait ainsi atteint l'âge de treize ans. Son maître l'avait alors conduit à l'improviste dans une école primaire toute proche.

— Les temps ont changé. Il n'est pas trop tard pour que tu puisses apprendre un peu de science moderne.

En fin de compte, c'est là qu'il avait obtenu son seul diplôme. Et quelle qu'ait été l'attitude de son maître par la suite, celui-ci n'avait pas, à l'époque, la moindre intention de le former comme disciple.

Au souvenir de son défunt maître, il tourna automatiquement la tête vers la calligraphie de maître Soktam suspendue dans un coin de la pièce. Le papier, trouvé dans une période de difficultés et longtemps présenté sans marouflage, avait jauni. Mais même si, le cinabre s'étant effacé, son cachet n'était plus qu'une vague trace brune, la force de l'écriture était restée la même.

L'aile d'or fend la mer
L'éléphant qui embaume traverse le fleuve.

Comme, malheureusement, le choléra avait enlevé à maître Soktam son fils unique et qu'il n'avait pas choisi de disciple particulier à qui léguer son étole et son écuelle, c'est Kojuk qui avait gardé la vieille maison de son maître, après la mort de celui-ci. Il possédait donc une quantité relativement importante de ses œuvres. Néanmoins, en raison des errances de sa jeunesse extravagante qui l'avaient empêché de s'en occuper, puis à cause de la guerre, il ne lui était resté que quelques calligraphies. Dans son lit de malade, il se lamentait à l'idée de ne pas savoir comment s'excuser auprès de ce maître qu'il se préparait à aller rejoindre et de n'avoir pas su protéger sa postérité. Il regrettait d'avoir fait preuve de négligence quant à la conservation de son œuvre. Cette calligraphie en fournissait pourtant un exemple exceptionnel. Car elle contenait tout l'enseignement de ce maître qu'il avait craint sa vie durant, qu'il voulait à la fois atteindre et dépasser. Ces jours-là encore, alors qu'il n'était plus en état de tenir son pinceau, il sentait entre les lignes le regard sévère de maître Soktam.

Il avait alors vingt-sept ans. Guidé par le besoin de satisfactions immédiates, il avait quitté son maître, sans le prévenir. Interprété positivement, cet acte signifiait qu'il voulait faire le point sur lui-même. Négativement, qu'il était à la recherche d'occasions de prouver son talent. Et d'ailleurs, les trois mois qui avaient suivi avaient transformé sa pérégrination en triomphe. Il avait obtenu le premier prix du concours de Chokp'a, avait été reçu comme invité d'honneur par les quelques écoles confucéennes qui subsistaient dans les villages de Naeryong, Ch'ongha et Tusan, dans la région de Yongnam, et avait même profité des festins délicats offerts par les riches de l'endroit. Après trois mois, chargé du papier reçu en échange de ses peintures et calligraphies et des sacs de grains payés au titre de frais de pinceaux, il était revenu avec un orgueil démesuré. La réaction de son maître n'avait pas du tout été celle qu'il attendait.

— Décharge ça.

Barrant la porte d'entrée, maître Soktam avait d'abord donné un ordre au porteur. Puis, à lui aussi :

— Enlève ton sac à pinceaux et pose-le là-dessus !

Sa voix était de celles que l'on ne contredit pas. Sans rien comprendre, il avait enlevé son sac à pinceaux qu'il avait posé sur la pile de papiers et les sacs de grains. Le maître avait ensuite sorti de la manche de sa veste une allumette pour y mettre le feu.

— Maître ! Qu'allez-vous faire ?

A sa question précipitée, le maître avait répondu sévèrement.

— Comme ton oncle me l'a demandé, je te laisserai vivre ici à mes frais. Mais, désormais, tu ne prononceras plus jamais le mot maître en ma présence. Jamais je n'avais eu comme disciple un barbouilleur qui se gargarise de son talent le soir, alors qu'il ne tient le pinceau que depuis le matin !

Kojuk avait mis deux années entières à se faire pardonner par son maître en colère. Cela avait été une période d'épreuves, plus insupportable encore que celle où il essayait de se faire admettre parmi les derniers disciples de Soktam. Enfin, la calligraphie qu'il était en train de regarder avait été tracée, le jour même où il avait reçu, avec émotion, son pardon.

Calligraphier avec le mouvement de l'oiseau aux ailes d'or qui fend la mer d'azur pour soulever le dragon et la sûreté de l'éléphant qui embaume, ouvrant les eaux du fleuve qu'il traverse...

Cette période d'initiation si pénible ne réapparaissait, dans la mémoire de Kojuk, qu'enveloppée dans une sorte de halo, semblable à une rancune qui ne s'effacerait jamais.

Mû par on ne sait quelle prémonition, le maître Soktam s'était méfié de Kojuk dès l'instant où l'oncle l'avait confié à lui. Issu de plusieurs générations de confucéens renommés, Soktam n'avait pas bénéficié d'un héritage important, et il ne vivait à cette époque que des sacs de riz que quelques rares lettrés lui offraient au printemps et à l'automne. Pourtant, la charge financière que représentait un petit enfant n'avait pas de quoi le tracasser. D'ailleurs, quand Kojuk avait pris sur lui, plus tard, de tenir le ménage de son maître privé de tout appui, l'attitude de celui-ci n'avait guère changé. Kojuk ne pouvait manquer d'y voir la manifestation de quelque chose de fondamental.

Soktam l'avait laissé se débrouiller plusieurs années avec les *Leçons élémentaires*, alors que les autres en avaient terminé au bout d'un ou deux ans, puis il l'avait privé à dessein de son enseignement en le mettant, tardivement, en quatrième année de l'école primaire. C'étaient autant d'explications de l'attitude inexplicable de son maître.

Son propre sentiment à l'égard de Soktam demeurait cependant encore plus incompréhensible. Jusqu'à la fin, il avait été dominé par une indicible admiration et une non moins violente haine. Toute réflexion faite calmement et même si c'était loin d'être logique, il ne pouvait que deviner à quel moment ce sentiment s'était formé. A seize ans, après en avoir terminé avec l'école primaire, et en attendant d'être, à dix-huit ans, officiellement admis comme disciple, il était resté chez Soktam. Deux années durant, il avait tenu le ménage désastreux de son maître, refusant l'offre financière bienveillante d'un de ses oncles, et se détournant ainsi des études modernes adaptées à un monde qui changeait chaque jour. Comme les vivres se limitaient aux sacs de riz offerts en nombre insuffisant par les disciples, Kojuk labourait de ses propres mains un lopin de terre jusqu'alors laissé à un métayer, et n'hésitait pas à parcourir vingt ou trente lis pour faire du bois.

Les gens louaient ses mérites mais, à vrai dire, c'est dès cette époque qu'une flamme de haine et d'amour avait commencé à brûler dans son cœur. La vie de son maître le faisait toujours rêver sans raison précise, même si cela allait de pair avec un pressentiment funeste : cette vie était ennuyeuse, solitaire et aride, en même temps que fraîche, pure et calme, telle l'ombre d'un nuage frôlant les flancs d'une montagne printanière, tel un champ purifié par un orage d'été, telle l'eau d'une vallée d'automne, tel un ciel d'hiver s'ouvrant après la neige. Quand son maître, assis devant son bureau, avec un sourire imperceptible comme s'il sommeillait, était plongé dans un univers tranquille où son âme n'était plus que la lueur crépusculaire de sa gloire d'antan, ou bien qu'avec un regard brillant d'une lueur étrange il faisait danser son grand pinceau comme un typhon, ou encore quand il dessinait des iris ou caressait sa harpe *komun'go* dans l'ombre du rosier sauvage de l'arrière-cour, avec toute la noblesse d'un ermite, sa vie paraissait à Kojuk exemplaire et vénérable. Mais quand il pensait que, sans lui, son maître ne survivrait pas six mois, quand il considérait la vieille maison délabrée que nul ne visitait plus, à l'exception de quelques vieillards et disciples dont le nombre, sans cesse en régression, ne dépassait plus dix, ou quand il revoyait le regard impuissant de son maître qui l'accueillait après le rude labeur des champs, la vie de celui-ci se présentait comme un destin maudit auquel il lui fallait à tout prix se soustraire.

Mais, en fin de compte, c'étaient l'admiration et l'attachement qui avaient prévalu jusqu'à la fin de la vie de son maître. Comme cela était déjà prévisible dès l'instant où il avait abandonné les études modernes, refoulant l'intense curiosité qu'il éprouvait à l'égard d'un monde nouveau, il avait, à son insu, consacré toute sa passion aveugle à imiter son maître.

La plupart du temps, il utilisait comme modèle d'écriture un exemple du maître oublié par un disciple, ou des peintures que Soktam mettait au rebut, ou encore quelque reste d'une confrontation artistique entre celui-ci et ses amis, mais il lui arrivait aussi d'oser sortir les œuvres rangées dans l'écritoire de son maître.

Longtemps après, son cœur se serrait encore au souvenir du papier et du pinceau qu'il utilisait au début de son long apprentissage. Pour tracer les petits caractères, il se servait des pinceaux usés abandonnés par les disciples et de boîtes à sable ou à poudre qu'il fabriquait lui-même. Pour s'exercer aux grands caractères, il écrivait sur des autels funéraires qu'il nettoyait tout de suite après, avec des pinceaux en poils de chien. Son premier pinceau et son premier papier, il les devait au papetier et au marchand de pinceaux auxquels il avait offert, à l'insu de son maître, un fagot de branches de pin…

Il semble que le maître Soktam ait, plus tard, accusé Kojuk de vanité. Etant donné leur relation, il est difficile de croire que, même au moment pénible de l'apprentissage, ce dernier n'ait non seulement pas demandé à son maître de le prendre comme disciple, mais qu'il n'ait même pas laissé transparaître son désir brûlant de le devenir. A moins que ce silence n'ait eu pour cause l'amour-propre de celui qui veut parvenir par lui-même à la perfection artistique, ou l'orgueil instinctif qui est la marque des âmes grandioses.

Puis était venu ce jour où il avait gardé seul la maison, en l'absence du maître et de sa femme. Dans la demeure vide, une impulsion étrange l'avait saisi alors qu'il rangeait l'atelier : regarder, attentivement, en une seule fois, le résultat des longues années de travail de son maître. Il savait que celui-ci, invité pour une journée de poésie, dans un village confucéen situé à plus de cent lis, ne pourrait pas revenir le jour même.

Il avait installé la table à calligraphie et commencé à frotter la pierre à encre de la région de Tangye, en Chine. En vertu des prescriptions de son maître, il avait ensuite rempli le fond de la pierre à encre, sans renverser la moindre goutte sur les bords, avant de sortir les pinceaux que son maître avait laissés, ainsi que des feuilles de précieux papier de riz.

Il avait d'abord copié l'inscription dite des *Grues jumelles*, par le peintre Anch'e, en utilisant la calligraphie de style droit. A la façon de Ch'usa qui recommandait d'étudier l'inscription de la *Fontaine Ye* tracée par le Chinois Ku Yangsun afin d'apprendre la calligraphie de style formel, le maître avait voulu que ses disciples s'entraînent à recopier l'inscription des *Grues jumelles*.

Au fur et à mesure qu'il s'habituait au papier et aux pinceaux, il était parvenu à tracer des traits qui ressemblaient à ceux du maître. Puis il avait recommencé les caractères de l'inscription de la stèle de l'*Eloge du comportement* due à Anch'e. Petit à petit, en dépit d'une peine extrême, il avait glissé dans un ravissement extatique.

C'est à l'instant où il finissait de calligraphier le début de la préface de la *Pagode d'iris*, qu'il commençait alors à étudier, qu'un cri, comme un coup de tonnerre, l'avait comme réveillé.

— Tu vas arrêter ça tout de suite !

Levant ses yeux écarquillés de surprise, il avait aperçu, au fond de la pièce qui s'était assombrie, sans qu'il en ait conscience, maître Soktam qui le regardait, debout. Si sa voix était irritée, son visage était teinté d'inquiétude et de résignation indéfinissables plus que de colère. A ses côtés, l'air intrigué, se trouvait le maître Un'gok, qui passait pour un sage riche de sept talents, pour la poésie, la calligraphie, la peinture, le go, la divination, la médecine et la harpe *komun'go*.

Bouleversé, il avait ramassé les calligraphies qui jonchaient le sol. A sa grande surprise, son maître se contentait de le regarder distraitement. Mais à l'instant où il allait sortir de la pièce, l'air décontenancé et ses papiers dans les bras, Un'gok était intervenu :

— Laisse tes calligraphies ici !

Il avait obéi, comme par automatisme, mais, mû par une curiosité et une excitation étranges, il était revenu aussitôt près du salon pour écouter les voix qui en sortaient.

De cette pièce entre-temps éclairée n'était d'abord parvenu que le bruit du froissement des papiers. Celui-ci avait fait place enfin à la voix de Un'gok :

— Eh bien ! Vous ne lui avez vraiment rien enseigné ?

— Je ne lui ai pas enseigné ça ! Il a pu apprendre en regardant les autres faire.

Il y avait, dans la réponse de Soktam, quelque chose de triste, de presque éteint.

— Alors, c'est proprement stupéfiant ! C'est un véritable génie !

— …

— Pourquoi ne l'avez-vous pas pris comme disciple ?

— Ne pas léguer quand l'homme n'est pas formé… Maître Un'gok, avez-vous oublié les mots de Wang Huiji ?

— Vous voulez dire que cet enfant a une personnalité telle qu'elle vous empêche de lui léguer votre savoir ?

— Il a beaucoup trop de talent ! Il n'a appris à tracer ni les points ni les lignes et il sait déjà structurer les signes. Il n'a pas encore assimilé douze méthodes de calligraphie et il sait déjà maîtriser l'harmonie entre les caractères, respecter l'équilibre entre les traits et les espaces vides, et dominer le tracé. C'est un artisan-né de l'écriture, mais le talent l'empêche de s'engager dans sa voie, comme s'il en étouffait la source.

— Je ne m'attendais pas à un tel raisonnement dans la bouche d'une personne aussi aimable que vous, maître Soktam. Et pourquoi ne la feriez-vous pas jaillir, cette source ?

— Est-ce si facile ? D'ailleurs, je serais très surpris si cet enfant était doué de la sensibilité suffisante pour apprécier la signification profonde des caractères et de la rigueur requise pour la lecture des textes. Mais il est vrai qu'il émane de son iris une harmonie séduisante...

— En devenant votre disciple, qu'est-ce qui l'empêcherait d'apprendre tout cela ? Allez ! Prenez-le !

— Dès le départ, je ne me suis engagé qu'à le nourrir et à l'habiller. J'aurais bien voulu qu'il gagne son pain grâce aux études modernes...

— Soktam, pourquoi vous comportez-vous de la sorte avec lui ? On ne chasse pas même un inconnu lorsqu'il vient vous demander un enseignement. Alors pourquoi traiter si froidement cet enfant-là qui partage votre nourriture depuis sept ou huit ans déjà ? On m'a dit qu'il se chargeait de votre ménage. Sa dévotion à votre égard ne vous touche donc pas ?

La voix de Un'gok s'était faite à cet instant plus pressante. Il devait avoir entendu parler du rapport étrange entre Soktam et Kojuk.

— Ne me critiquez pas tant ! A vrai dire, je ne sais pas bien moi-même pourquoi cet enfant-là m'inquiète. Chaque fois que je le regarde, je me dis que notre relation a été placée sous le signe du malheur.

La voix de maître Soktam tremblait légèrement.

— Ecoutez-moi, j'ai une idée. S'il vous embarrasse tant, Soktam, envoyez-le-moi, ne serait-ce qu'une fois tous les trois jours. J'ai l'impression qu'il est trop tard pour qu'il puisse choisir une autre vie que celle-ci.

Pendant un long moment, le silence avait régné dans la pièce. Puis maître Soktam avait repris la parole, d'une voix basse mais décidée :

— Ce n'est pas la peine. J'essaierai de le former.

Qu'avait-il voulu alors dire en parlant de relation placée sous le signe du malheur ? Et pour quelle raison avait-il décidé de l'accepter brusquement, au même instant, comme disciple ?

Le jour suivant, le nom de Kojuk avait été ajouté à la liste des disciples, sans que pour autant il y ait eu de cérémonie initiatique solennelle. Comme à son habitude, il s'apprêtait à franchir la porte, une hotte sur le dos, quand son maître l'avait appelé.

— Désormais, tu ne travailleras plus aux champs.

Il avait dit cela comme en passant. Jetant un coup d'œil sur Kojuk qui restait interdit, décontenancé par cet ordre inattendu, il avait insisté, d'une voix légèrement plus pressante :

— Pose ta hotte et va dans le salon de réception !

La cérémonie initiatique, qui faisait d'eux le maître et le disciple qu'ils étaient destinés à devenir, s'était limitée à cela.

En entendant la porte glisser brusquement, Kojuk, qui errait dans ce lointain passé, revint à la réalité. Il dirigea vers la porte son regard flou : Maehyang franchissait le seuil. Il eut froid dans le dos et sa vue s'éclaircit. Il fallait vraiment qu'elle lui en ait voulu pour venir le chercher jusque-là ! Pris par quelque chose comme un regret, Kojuk regarda Maehyang s'approcher de lui. Mais non.

— Mon père, êtes-vous réveillé ?

C'était Ch'usu. Son visage, penché doucement sur celui de son père pour l'examiner, trahissait un souci profond. Il mit toute sa force à essayer de se lever. Ch'usu l'aida doucement à s'asseoir en s'appuyant sur le dossier. Il se rendit compte de la difficulté croissante qu'il éprouvait à se lever.

Elle lui demanda :

— Voulez-vous un jus de fruits ?

Au lieu de lui répondre, Kojuk regarda distraitement son visage puis l'interrogea brusquement :

— Tu te souviens de ta mère ?

Elle le regarda d'un air étonné. Cela faisait sept années qu'elle s'occupait de lui, depuis la mort de la vieille femme avec laquelle il avait vécu en dernier lieu, mais il ne lui avait jamais posé cette question. Pour Kojuk, cela faisait beaucoup plus longtemps encore qu'il n'avait prononcé le nom de Maehyang.

— Seulement par les photographies…

Evidemment, la pauvre ! Sa mère avait commis cette terrible bêtise moins de deux ans après avoir recommencé à travailler comme *kisaeng* et avait laissé son nouveau-né chez ses parents…

— Mais père, pourquoi ?

— Tout à l'heure, j'ai cru que c'était ta mère qui entrait.

— …

— Sa destinée n'était déjà pas de vivre longtemps, elle n'aurait pas dû la raccourcir encore…

Devant le visage attristé de son père, celui de Ch'usu, un moment tendu, reprit son expression normale.

— Voulez-vous un jus de fruits ?

Elle lui avait posé la même question, comme pour changer l'atmosphère. Il lui répondit, quittant la pensée de Maehyang :

— S'il y a du thé vert tout prêt, j'en prendrai une gorgée.

Après avoir aéré la pièce, Ch'usu sortit silencieusement.

"Quelle passion indicible s'était emparée de moi ?" En buvant son thé vert, il se remémora l'époque où il avait rencontré Maehyang.

Il avait, à trente-cinq ans, quitté son maître pour la seconde fois, pour errer pendant près de dix années.

C'était l'époque où approchait la guerre sino-japonaise, mais la tradition des écoles confucéennes existait encore, et des concours de poésie et de calligraphie avaient lieu de temps en temps. Par rapport aux années de misère noire, il avait passé ses années de voyage dans un luxe relatif, soit parce qu'il était considéré comme disciple du maître Soktam, désigné par le nom de *Maître des trois sommets*, parce qu'il était sans égal en poésie, en calligraphie et en peinture, soit parce qu'il avait gagné des concours auxquels il participait malgré l'opposition de ce même maître. Une fois par mois au moins, on organisait une réception en son honneur, et il y avait toujours un riche, dans un village, pour lui offrir l'équivalent d'un mois de frais de voyage en échange d'une calligraphie.

Il était alors passé par Chinju. Après une dizaine de jours de fête consécutifs à une quelconque séance de calligraphie, il préparait son bagage pour un nouveau départ quand, soudain, un pousse-pousse s'était arrêté devant la maison où il demeurait, chargé d'une invitation. Ce genre d'invitation inattendue lui parvenait quelquefois, et il monta dans le pousse sous la sollicitation pressante du tireur qui l'emmena dans ce qui était le meilleur restaurant de Chinju à l'époque. Cinq ou six Japonais et deux ou trois Coréens l'attendaient à son grand étonnement, dans une grande pièce en longueur, devant une table débordant de plats exquis. C'étaient des directeurs de bureaux dans l'administration et des célébrités locales qui savaient apprécier calligraphie et peinture.

Maehyang avait été appelée ce soir-là avec d'autres *kisaeng*. Une fois l'ambiance suffisamment réchauffée, l'alcool aidant, le cadre coréen qui avait apparemment organisé la soirée avait demandé aux *kisaeng*, avec un sourire moqueur :

— Qui est-ce qui va s'occuper du maître, ce soir ?

Alors, au milieu des rires racoleurs qui avaient rempli la pièce, une *kisaeng* s'était approchée de lui et avait soulevé, sous ses yeux, sa jupe rouge. Le jupon en soie, blanc comme du papier de riz, était apparu. A un peu plus de vingt ans, sans visage particulièrement séduisant, ni coquetteries spécialement aguichantes, cette *kisaeng* avait quelque chose d'étrangement attirant.

En préparant son matériel de calligraphie, qu'il avait rassemblé hâtivement, il avait senti tout l'alcool lui monter à la tête.

— Comment t'appelles-tu ?

— Maehyang.

Sans sembler prêter la moindre attention aux autres convives, elle lui avait répondu avec impertinence. C'était lui, plutôt, qui se sentait confus.

— Maehyang, Parfum du Prunellier… C'est donc un prunellier qu'il faut peindre…

Il avait parlé calmement, mais sans parvenir à empêcher de trembler la main qui tenait le pinceau. Ce n'est que longtemps après ce jour-là qu'il avait pris conscience de la signification exacte de son geste : mû par un sentiment de honte vis-à-vis du maître qu'il avait quitté, ce qu'il était en train de peindre sur le jupon de Maehyang n'était pas un dessin original mais bien le prunellier de maître Soktam, au tronc tordu et desséché, avec quelques fleurs, presque réduites à des bourgeons, au bout de maigres branches. Même le poème qui accompagnait la peinture était une phrase de Soktam :

> *Quand bien même passerait-il toute sa vie dans le froid, le prunellier ne gaspillera pas son parfum.*

Lu rapidement, ce vers pouvait évoquer le nom de Maehyang mais, en fait, comment une évocation de la fidélité féminine aurait-elle pu trouver sa place sur le jupon d'une *kisaeng*, dans les derniers temps de l'occupation japonaise ?

Aujourd'hui encore, il conservait une honte secrète de ce qui avait suivi.

— Pourquoi ce prunellier a-t-il l'air si froid et solitaire ?

Il avait répondu d'une voix triste et suffisamment basse à Maehyang, qui l'interrogeait au moment où il allait apposer son sceau, de façon qu'elle seule puisse l'entendre.

— As-tu vu un seul des iris du peintre Chong Sach'o qui ne montre pas ses racines ?

Il avait ensuite expliqué à l'assistance intriguée que c'était là un prunellier en janvier. Maehyang avait certainement compris que l'iris et ses racines découvertes exprimaient la détresse de Chong Sach'o devant la ruine du pays.

Cette nuit-là, elle s'était offerte à lui sans hésiter.

— Etant donné que vous avez mouillé ma jupe par une nuit d'hiver aussi froide, il va falloir que vous vous occupiez de moi, ce soir.

Il avait passé quatre mois avec elle. Comme dans ce souvenir où, ivre de joie, il franchissait un col couvert de fleurs, il n'avait conservé de cette époque que le plaisir et la douceur. Et leur vie commune avait pris fin. De même qu'il n'était pas un de ces lettrés errants qui cherchaient dans la peinture et la calligraphie une consolation à la décadence du pays, Maehyang n'était pas la *kisaeng* fidèle qui se jette dans un fleuve, le chef des ennemis emprisonné dans ses bras. Il n'était qu'un petit artiste qu'on ne sait quelle passion poussait au vagabondage, et elle n'était qu'une *kisaeng* qui chantait et dansait pour nourrir une famille de huit personnes.

Ils s'étaient séparés sans haine, ni regret, comme s'ils exécutaient une décision prise dès le départ. Elle était retournée dans son restaurant à *kisaeng* et lui s'en était allé participer à l'exposition d'un de ses condisciples, à Chonju. Cette séparation avait été un adieu.

L'automne de l'année suivante, il avait entendu dire qu'après leur séparation Maehyang avait eu une fille, vraisemblablement de lui. Il errait à ce moment-là autour des monastères des monts Sorak et avait composé, sans trop réfléchir, le nom de sa fille, avant de l'envoyer à Maehyang : Ch'usu, Eau d'Automne.

Devant les eaux si pures et si tristes des vallées des monts Sorak, à l'automne, il avait été saisi par une sorte de prémonition concernant l'avenir de sa fille.

Quelques années plus tard, il avait appris la mort de Maehyang. Incapable de supporter plus longtemps le harcèlement de l'épouse de l'homme riche dont elle était la concubine, elle avait mis fin à sa vie, pourtant courte, en avalant trois onces d'opium frais. On ne peut décrire sa réaction que par le mot "insensibilité". Il n'avait ressenti aucune tristesse particulière à l'annonce de la mort de cette malheureuse. L'idée qu'il avait une fille née de cette femme et qu'elle vivait quelque part l'avait toutefois effleuré un bref instant.

Il avait vu sa fille pour la première fois quand elle était venue s'installer dans la ville où il habitait pour continuer ses études secondaires. Puisque la mort malheureuse de sa sœur lui permettait de mener une vie aisée, l'oncle maternel de Ch'usu avait décidé de s'occuper de sa nièce, comme pour remercier sa sœur. Ch'usu vivait donc à l'écart des soucis. De temps à autre, Kojuk allait la voir au lycée. Petit à petit, la vieillesse approchant, il s'était rendu compte que l'affection familiale lui manquait.

Mais le père et la fille ne vivaient vraiment ensemble que depuis peu.

Il y avait de cela sept ans et Ch'usu avait alors à peine vingt-six ans. Son père venait de se retrouver seul, après le décès de la vieille dame avec laquelle il vivait depuis son installation dans cette ville, et elle-même avait perdu son mari, tué au Viêt-nam.

Un bol de bouillon avalé comme si c'était un médicament traditionnel, il se leva avec peine. Ch'usu, qui sortait le bol vide à la main, vint le soutenir parce qu'il titubait, et lui demanda :

— Vous allez sortir aujourd'hui aussi ?

— Bien sûr.

— Vous êtes déjà sorti hier pour rien. Pourquoi n'envoyez-vous pas M. Kim ?

— J'irai moi-même.

Depuis sa sortie de l'hôpital, il y avait quatre mois de cela, il faisait chaque jour le tour des galeries du centre-ville, sans exception. Il rachetait, sans discuter, toutes les œuvres de lui qu'il parvenait à retrouver. Au début, c'était sans motivation particulière mais, petit à petit, son projet s'était précisé.

L'inéluctabilité de sa mort n'y était pas étrangère. Son médecin lui avait annoncé posément que sa santé était en voie d'amélioration, mais quelques symptômes lui avaient fait comprendre que sa sortie de l'hôpital était une sorte de sentence. Pour preuve, il en voulait les visites qui se multipliaient et le visage tourmenté de Ch'usu qui le suivait comme son ombre. Son estomac, qui n'admettait plus la nourriture, était loin d'être rétabli. La douleur violente qui l'avait saisi au début de son hospitalisation avait disparu, mais il ne pouvait s'empêcher de sentir les cellules de son organisme se désagréger une à une.

— Ch'ohon a donné de ses nouvelles ?

Ch'ohon était le nom de plume de ce disciple que Ch'usu appelait M. Kim. Il était le dernier auquel Kojuk avait donné un nom de plume et vivait avec celui-ci depuis quelques années.

— Il va passer dans une demi-heure, mais restez à la maison, aujourd'hui !

— Non, je vais sortir. Prépare mes affaires.

Il jeta un regard sévère sur Ch'usu qui aurait bien voulu le dissuader de sortir et s'essaya à marcher lentement dans la chambre. Avant même d'avoir fait deux ou trois pas, sa vue s'assombrit et son corps faiblit. Le voyant de nouveau assis, appuyé contre le mur, Ch'usu sortit silencieusement, l'air inquiet. La calligraphie de maître Soktam vint à nouveau envahir sa pensée.

Le maître avait-il raison de dire que leur rencontre était placée sous le signe du malheur ? Une fois devenu son disciple, leurs rapports ambigus étaient restés les mêmes. Le maître était si avare de son enseignement, du moins en ce qui le concernait, qu'il en avait gardé un ressentiment tout au fond de son cœur. Alors qu'il recommençait à apprendre la calligraphie de style droit, Soktam lui avait fait apprendre par cœur des phrases de Ch'usa, avant même de prendre le pinceau.

> *Les lois de la calligraphie consistent à faire le vide et laisser bouger. Il en va ainsi pour le ciel.*
>
> *Le ciel a deux pôles, le Sud et le Nord, qui sont comme les extrémités d'un essieu immobile autour duquel il ne cesse de se mouvoir. Il en va de même avec la calligraphie. Elle est exécutée par le pinceau, mais ce sont les doigts qui actionnent le pinceau, le poignet qui fait bouger les doigts, l'avant-bras qui conditionne le mouvement du poignet, l'épaule qui commande à l'avant-bras. Et c'est le côté droit du corps qui décide de ce que feront épaule, avant-bras, poignet...*

Et Kojuk avait dû apprendre par cœur, sans en omettre un seul, les quelque quatre cents caractères du texte qui commençait ainsi. Le maître lui avait ensuite conseillé un album de calligraphie de An Chinkyong qu'il avait, en fait, déjà étudié en cachette.

— Si tu le recopies cent fois, tu auras acquis les bases. Si tu le recopies mille fois, on te dira que tu écris bien. Si tu le recopies dix mille fois, tu passeras pour un calligraphe remarquable.

C'était là tout ce que le maître lui avait donné comme enseignement. Le seul changement pour lui consistait à pouvoir s'exercer sans avoir à se cacher. Il avait aussi pu rendre visite, tous les deux jours, à maître Un'gok, afin d'apprendre les caractères chinois. Après trois années de silence, et alors que Kojuk désespérait de pouvoir assimiler l'écriture de style régulier, même après trois mille essais, Soktam avait simplement dit :

— Retiens ton souffle.

En ce qui concernait les quatre plantes principales et les éléments de base de la peinture, la façon qu'avait Soktam d'enseigner était la même. Pour l'iris, par exemple, il lui avait donné le livre de Sokp'a sur ce sujet, recopié par ses soins.

— On ne devient pas bouddha en restant sur place et on n'attrape pas le dragon avec les mains vides. Il faut multiplier les exercices pour parvenir à quelque chose.

C'était tout. Il lui arrivait de jeter un coup d'œil sur les iris de son disciple par-dessus son épaule, mais sans jamais lui enseigner de détail technique. Puis, quand ses iris avaient commencé à prendre des formes harmonieuses, il avait ajouté une phrase :

— Peins à partir du côté gauche, et une fois que tu as fait tourner ton pinceau fais-le revenir.

Jamais Soktam n'avait laissé transparaître un quelconque contentement devant les succès de son disciple, même après dix années de travail sous sa direction. Les autres élèves cachaient mal leur admiration devant le talent de Kojuk, mais, à la seule évocation de son nom, Soktam leur coupait toujours la parole d'un air sévère :

— Il sait tout juste imiter.

C'était sans doute pour se révolter contre une telle indifférence que Kojuk avait quitté son maître à vingt-sept ans. Mais, curieusement, plus on louait son talent, plus il attendait un compliment de son maître. C'était pour cela qu'il était revenu auprès de lui et qu'il avait supporté mépris et humiliation pendant deux années, avant de recevoir son pardon.

Pendant ces deux années-là, il avait travaillé aux champs et ramassé du bois. Il était redevenu, comme autrefois, homme à tout faire, même si Soktam refusait de le voir. Pris par une impulsion irrésistible, il avait, un jour, repris le pinceau. Il l'avait fait en cachette, mais son maître s'en était rendu compte et lui avait dit, sans la moindre pitié :

— Va te laver. L'odeur d'encre qui émane de ton corps est plus insupportable encore que celle du fard d'une prostituée !

Plus tard, alors qu'à nouveau pardonné il avait pu reprendre pinceaux et papiers dans l'atelier de Soktam, l'attitude de celui-ci n'avait guère changé. Au contraire, à mesure que Kojuk avançait en âge et que sa calligraphie se faisait plus mûre, le regard froid de son maître s'était mis à briller d'une incompréhensible inquiétude. Kojuk se sentait pourtant relativement décontracté. Il avait, pendant près de la moitié de sa vie, souffert de l'indifférence et de l'insensibilité de son maître. Au lieu de s'y habituer ou de devenir lui-même insensible, il en était arrivé à prendre plaisir à la colère et aux soupirs de Soktam, s'ingéniant même à faire des choses qu'il savait devoir le désoler ou l'inquiéter. Ainsi les expositions ou la participation à des concours de calligraphie.

Le jour approchait pourtant où cette relation placée sous un signe néfaste devait prendre fin. L'inquiétude du maître et le nombre des raisons qu'avait le disciple de prendre ses distances ne faisaient que croître avec le temps.

Ce qui les opposait fondamentalement l'un et l'autre, c'étaient leurs conceptions artistiques de la calligraphie et de la peinture. Soktam attachait de l'importance à la force, la vigueur et la noblesse de l'écriture, tandis que Kojuk s'intéressait à la beauté et essayait de mettre en valeur le sentiment et l'intention. La peinture était pour Soktam la peinture de l'âme, alors que le disciple se voulait plus fidèle à l'objet qu'à son essence. La fameuse polémique sur le prunellier et le bambou en avait été un exemple significatif.

Soktam sentait que le bambou et le prunellier étaient celles des quatre plantes fondamentales pour lesquelles il avait le plus d'aptitude. Mais, à partir de l'occupation japonaise, ses bambous et ses prunelliers avaient commencé à changer.

Jusque-là, il les peignait dotés d'un feuillage en pleine maturité, si épais et si vigoureux qu'ils arrachaient au roi Taewongun, émerveillé, des cris d'admiration. Après le début de l'occupation, ils avaient commencé à se faner, à se dessécher et à se tordre. Avec le temps, cela s'était accentué. Au seuil de sa vieillesse, ses bambous n'avaient plus que trois feuilles par branche, et ses prunelliers ne comptaient pas plus de cinq fleurs.

Kojuk, arrivé à l'âge mûr et mécontent de ce qu'il voyait, avait osé interroger Soktam, pensant que celui-ci était maintenant trop vieux pour réagir avec humeur.

— Maître, pourquoi enlevez-vous leurs feuilles aux bambous et leurs fleurs aux prunelliers ?

— En pleine colonisation, où les bambous trouveraient-ils l'enthousiasme pour faire croître un épais feuillage et où le pinceau d'un confucéen encore en vie à sa grande honte trouverait-il la force de faire refleurir des prunelliers ?

— Le peintre chinois Chong Sach'o avait exprimé sa détresse au moment de la chute de la dynastie Song en peignant des iris avec des racines largement déterrées, tandis que Cho Maengpu, trahissant sa patrie, était devenu fonctionnaire au service des Won. Mais je n'ai jamais entendu dire que seuls les iris de Chong Sach'o étaient distingués et que les pins enneigés de Cho Maengpu étaient vulgaires !

— La peinture est celle de l'âme. On peint son âme en empruntant l'objet. Il n'est pas nécessaire de s'attacher à la réalité formelle de cet objet.

— Si la peinture et la calligraphie n'étaient que des moyens de traduire l'indignation d'un lettré, ce seraient des activités bien vaines ! S'il en était ainsi, il serait vraiment indigne pour un homme de passer sa vie entière à frotter sa pierre à encre et à salir du papier ! Mes idées ne sont sans doute pas très élaborées, mais si la patrie est à ce point précieuse, je pense qu'on lui serait plus fidèle en mourant, les armes à la main, comme un justicier, après avoir tué au moins un ennemi. On se tromperait soi-même, et on tromperait le monde, en se contentant d'enlever leurs feuilles aux bambous et leurs fleurs aux prunelliers, assis dans son atelier.

— Il n'en va pas ainsi. En ce qui concerne la fidélité au monde, personne ne peut surpasser le travail des artisans. Mais si leurs dessins ne se vendent que trois sous, si tant est même qu'ils ne servent pas à boucher des trous, c'est parce que leur pensée est vulgaire et superficielle. Toi, tu voudrais accorder une certaine noblesse aux caractères et aux peintures sans but. Mais sans élévation d'esprit, tout ce qui est noir n'est qu'encre, tout ce qui est blanc n'est que papier.

Ils avaient eu une discussion semblable sur la voie en art. Là encore, Kojuk avait suffisamment gagné en maturité pour pouvoir commencer par cette question :

— Maître, vos calligraphies et vos peintures sont-elles l'Art, les Règles ou la Voie ?

— La Voie.

— Pourquoi alors parle-t-on de l'Art de la calligraphie ou des Règles de la calligraphie ?

— L'Art est le parfum de la Voie, et les Règles ses habits. Sans la Voie, il n'y a ni Art, ni Règles.

— On dit qu'au sommet de son Art on atteint la Voie. Est-ce que cela ne signifie pas que l'Art, au lieu d'en être le parfum, est l'ouverture qui mène à la Voie ?

— C'est ce que disent les artisans. Toute chose, quelle qu'en soit la nature, appartient à la Voie.

— En ce cas, avant de s'initier à la calligraphie et à la peinture, ne faut-il pas que corps et âme soient déjà prêts ?

— C'est cela. C'est dans ce sens que Wang Huiji disait qu'il ne faut rien léguer à l'homme qui n'est pas formé. Est-ce que tu as compris, maintenant, ce que signifiait cette phrase ?

A cet instant précis, le visage déjà marqué par l'âge de maître Soktam s'était éclairé. Cet homme d'une soixantaine d'années avait scruté l'expression de ce disciple qui l'avait toujours inquiété. Mais Kojuk n'avait jamais répondu de façon satisfaisante.

— Si c'est l'homme qui doit en priorité être formé, pourquoi oblige-t-on des enfants de six ou sept ans à prendre le pinceau et à tracer des lignes ? Et si la Voie doit prendre le pas sur la calligraphie, combien de personnes pourront donc tenir le pinceau avant la mort ?

— On s'entraîne à acquérir une technique dans l'attente de la Voie. Si l'on s'en tient à cette technique, on devient artisan. Un pas en avant, et c'est l'Art. Et, quand vient l'harmonie, c'est la Voie.

— Cela signifie que l'Art précède la Voie. Si, néanmoins, au nom de la Voie, on empêche le talent artistique de s'exprimer, cela ne revient-il pas à mettre la charrue avant les bœufs ?

C'était l'objection que Kojuk avait refoulée pendant la moitié de sa vie, c'est-à-dire depuis qu'il était devenu le disciple de Soktam. La réaction du maître à cette objection avait été tout aussi tranchée. C'est parce qu'il y voyait la réalisation du pressentiment qui l'étreignait depuis le début.

— Effronté ! Au lieu d'approfondir ta sensibilité aux caractères et ta capacité à lire, tu cherches à te justifier n'importe comment ! Les études mènent à la Voie, mais tu ne t'es jamais intéressé aux classiques du confucianisme et à la poésie ! Comme tu ne cherches qu'à imiter le mieux possible la perfection des anciens, en n'exerçant que le bout de ton pinceau et ton poignet, qu'est-ce qui te distinguera des artistes vulgaires ? Et, au lieu d'en avoir honte, tu oses critiquer l'élévation d'âme des anciens ! Quelle effronterie !

Enfin était venu le jour où ce couple malheureux s'était séparé. Kojuk avait trente-cinq ans.

Il avait alors plusieurs raisons d'être fatigué de son apprentissage. Pendant les huit années qui avaient suivi la fin de sa première errance, son zèle à l'entraînement avait pris un tour dramatique. Absorbé tout l'été, sans bouger, par la calligraphie et la peinture, il avait d'insupportables furoncles sur les fesses. En hiver, ses articulations étaient à ce point engourdies qu'il avait de la peine à se lever et à prendre la table basse qui portait son repas. Ignorant les critiques silencieuses de son maître, il ne s'intéressait qu'à ce qui concernait la peinture et la calligraphie. Bien qu'il se fût entraîné auparavant chez Soktam, pendant près de dix ans, c'était de ces huit années-là qu'il se souvenait comme des plus précieuses de sa vie. Les dix premières années, il avait seulement tenté d'imiter l'état d'esprit de son maître mais, par la suite, il s'était acharné à le dépasser.

Entre-temps, sa technique avait mûri et sa réputation grandissait dans ce milieu. Les opinions variaient mais certains, maintenant encore, considèrent ses peintures et ses calligraphies de l'époque, toutes de talent et d'inspiration, comme les œuvres les plus abouties de sa carrière. Par la suite, il s'était progressivement laissé engloutir dans un sentiment de vide sans fond, quelque chose comme la désolation et le néant qui suivent l'embrasement.

Ce sentiment avait deux origines : la première était sa jeunesse perdue, ensevelie sous l'odeur de l'encre et la poussière des papiers. Il avait une femme que Un'gok lui avait présentée et deux enfants, mais ils n'avaient été, dès l'origine, que des objets nécessaires, au même titre que sa table de calligraphie ou son écritoire, et non des objets de passion. Sa jeunesse, son désir, son amour et son inspiration n'étaient consacrés qu'à la peinture et à la calligraphie. Mais sa jeunesse envolée flottait comme la dernière feuille accrochée tristement sur l'arbre d'automne. Ce qu'il cherchait à atteindre demeurait aussi incertain et inaccessible qu'un arc-en-ciel au-delà de la colline.

L'autre origine de ce sentiment de vide était, à mesure que mûrissait son talent de calligraphe, l'incapacité à s'en satisfaire. S'éveillant progressivement de la concentration dans laquelle il était plongé comme dans une fièvre, Kojuk se demandait ironiquement : "Qu'est-ce que j'ai fait ? Qu'est-ce que je suis en train de faire ?" Il se posait la question différemment de l'époque à laquelle il tentait de rivaliser avec son maître : "Est-ce qu'un homme, né sur cette terre, peut se contenter de passer sa vie entière à frotter son bâtonnet d'encre et à caresser ses pinceaux ? Certains partent à l'étranger chercher l'indépendance du pays ; certains sont morts ou en prison parce qu'ils ont lutté ; certains font fortune en s'attachant à l'argent ; certains prennent soin de leurs voisins pauvres. Certains, par des activités culturelles, éveillent la conscience de leurs compatriotes ignorants. Certains rendent service à la société par leurs connaissances en sciences modernes. Mais ma vie d'adulte, que vaut-elle ? Je n'ai regardé que moi-même. Ce pénible entraînement d'autrefois que j'ai toujours considéré comme authentique et plein de valeur n'était qu'un nombrilisme satisfait ou qu'un moyen de fuir une vie de solitude. Oh ! cette vie sans ouverture ! sans ouverture !"

Puis était venu, vers cette époque, un jour d'automne. Le maître Soktam, qui comme souvent gardait la chambre en raison de son grand âge, avait, à peine levé, cherché papier et pinceaux. En fait, il avait réclamé le gros pinceau et le papier grand format qu'il n'utilisait presque jamais à cette époque. Kojuk, loin de sa calligraphie depuis quelques mois, avait senti, sans savoir pourquoi, monter la colère, devant l'acharnement de son maître. A peine l'encre prête, il était sorti de la pièce. Quelque part, dans l'acharnement de Soktam, il avait perçu une sorte de moquerie envers sa propre crise de conscience. En faisant les cent pas dans la cour, il avait eu envie de savoir ce que faisait le vieux maître. Revenu dans la chambre, il l'avait trouvé haletant, les yeux clos, son pinceau posé sur le bord de la pierre à encre. Sur le sol, il avait vu un papier recouvert des trois premiers idéogrammes composant le proverbe : *Une force à maîtriser dix mille pinceaux.*

Il manquait l'idéogramme signifiant force.

— On dit que Sojae a écrit *la Paix du monde* en quatre idéogrammes, sur un grain de sésame, à l'âge de soixante-dix-huit ans. Je n'ai même pas dépassé soixante-dix ans et je n'ai déjà plus la force d'écrire en une seule fois *Une force à maîtriser dix mille pinceaux.*

Le visage du maître qui se lamentait était comme inondé d'une profonde tristesse. Mais, en l'entendant, Kojuk avait de nouveau été saisi par la colère qu'il avait refoulée. Cette expression sur le visage de Soktam ne lui apparaissait pas comme de la tristesse mais plutôt comme de l'orgueil.

— Même si vous y étiez parvenu d'un seul trait, que l'oiseau aux ailes d'or en ait jailli et que l'éléphant qui embaume s'y soit promené, à quoi tout cela vous aurait-il servi, maître ?

Kojuk avait parlé en souriant malicieusement, à son insu. Epuisé, le front couvert de gouttes de sueur, le maître n'avait pas eu l'air de le comprendre tout de suite. Mais dès qu'il eut compris, il lui dit, en le perçant du regard :

— Qu'est-ce que ça veut dire ? Ce but si élevé, c'est celui que tout calligraphe souhaite atteindre au moins une fois au cours de sa vie.

Mais Kojuk s'était acharné.

— Quand bien même il y parviendrait, qu'est-ce que cela lui apporterait ?

— Tu veux aller plus vite que la musique, et tu veux savoir s'il y a une montagne plus haute avant même d'avoir escaladé le mont T'aesan. Tu penses peut-être que tous ces anciens, dont la postérité a conservé la mémoire de la haute conscience, n'ont rien fait d'utile ?

— Ils se sont trompés et ont abusé le monde. Comment voulez-vous qu'il y ait une Voie dans l'acte de mettre de l'encre sur du papier ? S'il y a là un mystère, il ne doit pas être bien épais ! Quant à la Voie, on peut la trouver aussi bien chez un boucher ou un voleur. Quand on rend l'explication compliquée, on trouve du mystère même dans le travail des artisans et des bûcherons. Vous dites qu'il y a des anciens aux noms immortels ? Mais à quoi bon, pour les générations futures, conserver le souvenir de mes mues successives, si mon Moi en est absent ? On dit qu'on laisse derrière soi des peintures et des calligraphies ; mais si même la stèle la plus dure se désagrège au vent et sous la pluie, qu'en sera-t-il de l'encre et du papier ? Et, en plus, quel confort ces œuvres peuvent-elles offrir à la postérité, quelle aide peuvent-elles apporter aux gens malheureux ou dans la misère ? Pour dissimuler leur vide et leur souffrance, les anciens ont défini un idéal invérifiable et inaccessible, grâce auquel ils se consolaient et ravissaient contemporains et postérité…

A ce moment précis, Kojuk, saisi d'une douleur inattendue, s'était laissé aller sur le sol, tenant son front entre ses mains. Le maître Soktam, en colère, lui avait lancé le couvercle de la pierre à encre. Aux oreilles de Kojuk, qui essuyait le sang qui jaillissait, parvenaient les cris de folie de son vieux maître :

— Depuis le début, je sais ce qu'il y a de vulgaire dans ta nature. Va-t'en ! Tu aurais dû faire du commerce dès le commencement. Tu es arrivé là en dissimulant ta vulgarité mais, maintenant que tu as révélé ta nature profonde, tu vas pouvoir aller dans la rue du marché et y gagner facilement deux litres de riz par caractère que tu traceras…

Cela avait été leur dernière entrevue. Quand Kojuk, parti de la maison de son maître, à la suite de cet événement, y était revenu, celui-ci était déjà mis en bière.

Trente années après, Kojuk, touché par une douleur venue de loin, porta la main à la cicatrice presque effacée, couverte de rides, sur la gauche de son front. Mais le visage de son maître, en lui revenant, ne provoquait en lui ni haine ni peur, plutôt une nostalgie.

— Père ! M. Kim est arrivé !

De nouveau, la voix de Ch'usu l'avait tiré d'un souvenir interminable. Par la porte ouverte apparut le visage large et rond de Ch'ohon. Il avait pour ce disciple une affection particulière, comme pour un fils qu'il aurait eu sur le tard. C'était sans doute un peu parce qu'il s'occupait de son atelier en son absence, depuis presque un an, sans exigence particulière, avec un caractère égal, mais c'était aussi en raison de sa calligraphie. Contrairement aux autres jeunes qui gribouillaient en cursive, avant même d'avoir appris à tenir le pinceau, et qui dessinaient les caractères abrégés ou stylisés, sans savoir tracer les points et les lignes, Ch'ohon avait volontairement décidé de consacrer trois ans pleins à apprendre l'écriture régulière. De plus, après sept années d'expérience en calligraphie, ce qui était long pour quelqu'un qui ne quittait pas l'atelier, il n'avait proposé, timidement, que deux ou trois calligraphies de style régulier, lors de l'exposition des œuvres des disciples de Kojuk, au printemps. Mais son travail, quoique apparemment maladroit, reflétait une force étrange et procurait à Kojuk une émotion secrète. Il lui rappelait les règles de calligraphie de maître Soktam qu'il avait refusées avec tant d'entêtement dans sa jeunesse, mais qui lui semblaient de plus en plus exquises, l'âge venant.

Oubliant même de s'enquérir de la santé de son maître alité, Ch'ohon bégaya :

— Allez-vous sortir aujourd'hui aussi ? D'après Ch'usu, vous ne vous sentez pas très b... bien...

Kojuk, dans sa jeunesse, n'aurait certainement pas supporté ce bégaiement qu'il aurait considéré comme hypocrite. Mais il n'y prêta pas attention et lui dit avec tendresse :

— C'est justement pour cela que je dois aller récupérer une toile de plus. Alors, la bibliothèque municipale n'a pas voulu la céder ?

— Ils m'ont dit non, parce qu'elle avait été acquise par leurs prédécesseurs.

— Même pas en échange du *Malheur imprévu* du peintre Maegye !

— Le directeur a dit qu'il ne voulait faire aucun échange, quel que soit le peintre.

— Je ne comprends pas ces gens-là. Je vais aller les voir en personne.

— Vous allez vraiment sortir ?

— Ne dis rien. Va chercher une voiture.

Devant l'empressement de son maître, Ch'ohon s'en fut, sans rien ajouter. L'air toujours intrigué, il ne demanda pas non plus ce jour-là pourquoi son maître voulait, avec un tel acharnement, récupérer toutes ses œuvres.

Il faisait beau. Appuyé sur son jeune disciple, Kojuk descendit de la voiture devant la rue des galeries de peinture et commença à les visiter une à une. C'était ce même pèlerinage qui se répétait depuis plusieurs mois.

— Oh, maître Kojuk ! Vous voilà aujourd'hui encore ! Mais il n'y a rien. Je me demande si les gens ne sont pas au courant pour votre santé. Ils ne veulent pas les lâcher.

Les propriétaires des galeries qui le connaissaient l'accueillaient tous de la même façon. C'était chaque fois en vain. A la sixième galerie, il trouva une calligraphie dont les caractères lui étaient familiers. Elle était en cursive. Le caractère du sceau, "Ko", était le premier de son nom. Mais il s'agissait de celui signifiant solitaire et non de celui qui voulait dire vieux. Il avait donc dû faire ce travail au cours de l'errance qui avait suivi sa séparation d'avec Soktam.

— Vous seriez d'accord si je vous donnais un iris du peintre Un'gok en échange ?

Le propriétaire eut l'air d'apprécier cette proposition. Bien que cette calligraphie ait été marquée du sceau de Kojuk, elle était de trop petite taille et les amateurs recherchaient peu les œuvres de la période où le maître signait "Bambou solitaire". Du reste, même sans connaître la valeur de l'iris du maître Un'gok, le propriétaire savait parfaitement qu'un tel échange avec maître Kojuk n'était pas sans intérêt. Comme s'il lui rendait un service, il lui répondit enfin :

— Si vous le souhaitez, je le ferai.

— Merci bien. Je vous ferai parvenir le tableau un peu plus tard, par l'intermédiaire de ce jeune homme.

— Je vous enverrai quelqu'un. Non ! J'irai moi-même. Je peux venir dans la soirée ?

— C'est d'accord.

Le propriétaire roula la calligraphie et se prépara à l'emballer. Kojuk, prévenant son geste, tendit ses deux mains amaigries.

— Ce n'est pas la peine. Donnez-la-moi telle quelle.

S'asseyant dans un sofa, il déplia le rouleau.

Sans s'adresser à un interlocuteur précis, il dit :

— On se repose un peu.

Une goutte de rosée comme un jade roule
et fait naître un épais brouillard.
Là où un brin se teinte d'argent se soulève
un clair nuage.

Ces deux vers étaient ceux de la calligraphie. Ils étaient tracés en cursive, dans le style de Hwang Sangok qui était sa grande passion de l'époque. Mais le tracé en était instable, comme s'il avait écrit en échange d'un verre d'alcool. De nouveau, cette période resurgissait, non pas dans la nostalgie et le regret, mais calmement, comme teintée d'une couleur étrange.

… Après avoir quitté maître Soktam, il avait un moment pensé que celui-ci l'avait abandonné. Plongé dans l'alcool et couvert des femmes qu'il obtenait en semant ses œuvres, il avait pensé se venger ainsi de l'indifférence de son maître. Mais non. A mesure qu'il s'habituait à l'argent et aux éloges de la rue et qu'il se plongeait dans les divers plaisirs que ceux-ci lui procuraient, il avait eu l'impression qu'en réalité c'est lui qui avait abandonné Soktam.

De temps en temps, il se rappelait que les avantages offerts par le monde à sa jouissance, bien misérables récompenses pour un apprentissage aussi pénible que s'il s'était taillé ses propres os, n'avaient rien à voir avec ce qu'il cherchait depuis l'âge adulte. Bien que l'argent, qu'il recevait à titre de frais de voyage ou de pinceaux, ait eu quelque chose de noble, cela ressemblait trop au pourboire qu'on donne aux prostituées. Les éloges bruyants dont il était l'objet étaient comme les applaudissements qu'on adresse au funambule du marché. Le sentiment de vie, depuis qu'il avait quitté son maître, ne faisait que croître. Plus on boit l'eau de la mer, plus on a soif.

Ce qui le poussait dans la débauche et le gaspillage, c'était ce curieux cercle vicieux qui le menait de la prise de conscience au sentiment de vide. Le plaisir vulgaire entraînait l'impression de vide, puis ce vide provoquait une nouvelle recherche du plaisir.

En la matière, la découverte de ses origines avait joué un grand rôle. D'après ce qu'il avait appris à cette époque en passant par son pays natal, son père était un vagabond qui avait dépensé la fortune familiale dans les voyages, l'alcool, le jeu et les femmes, avant de mourir, la santé ruinée, vers la trentaine. Sa mère était une femme adultère qui, sans même attendre la fin du deuil, s'était enfuie avec un voisin veuf. Ces origines qu'il avait pu ignorer au cours de son adolescence, angoissé qu'il était alors par la recherche de l'enseignement sévère de son maître, et qui étaient restées endormies sous le poids de son idéal au cours de sa jeunesse, s'étaient réveillées à l'âge adulte, le fouettant de toute leur violence. Il avait erré, vagabondé, aimé à la folie.

Après l'éclatement de la guerre du Pacifique, durant laquelle l'exploitation cruelle des Japonais avait provoqué l'incroyable misère du pays tout entier, sa recherche du plaisir n'avait pas cessé. Ceux qui prospéraient pendant cette période de misère, semblables à ceux qui font du profit dans la tempête, lui avaient fourni le minimum nécessaire, même si c'était moins bien qu'auparavant : pro-Japonais qui avaient fait une fortune subite en trahissant leur pays, soi-disant hommes de culture japonais résidant en Corée et rares commerçants qui profitaient de la guerre.

Puis, un tournant s'était dessiné. C'était au moment où il vivait, en tant qu'invité, chez un riche pro-Japonais, le fonctionnaire Ho, dont le fils était conseiller d'Etat. Cet ancien fonctionnaire, on ne savait quand il l'avait été, savait plus ou moins apprécier la peinture et la calligraphie et s'amusait à inviter, de temps en temps, les calligraphes des environs. Vers la fin de la guerre, à l'époque où l'on se serrait la ceinture, sans même un bol de céréales ou un tourteau de soja à manger, quelques maigres verres d'alcool et deux, trois sous pour le voyage représentaient un service fort prisé. Riche et protégé par les Japonais, en raison de la situation de son fils, il n'allait pas de lui-même au-devant des occupants, et la plupart des calligraphes pouvaient donc accepter ses invitations.

Le maître Un'gok avait été invité, par hasard, alors même que Kojuk y séjournait. Il en avait été ravi. Non seulement Un'gok était l'un des rares amis de maître Soktam, mais il avait enseigné à Kojuk, pendant sept ou huit années, la littérature chinoise. C'était par son intermédiaire qu'il s'était marié, et c'est Un'gok encore qui l'avait le mieux compris quand il avait quitté Soktam. Mais la réaction de maître Un'gok à ses salutations chaleureuses avait été inattendue :

— Hum ! Comment le grand Kojuk qui n'a ni ancêtres, ni maître, ni famille, peut-il daigner reconnaître un misérable vieillard comme moi ?

Le visage glacial, Un'gok se moquait d'un nom de plume qu'avait pris Kojuk par dérision : Sammuja, qui signifiait justement qu'il ne se reconnaissait plus ni ancêtres, ni maître, ni parents. Puis, repoussant les supplications pressantes du fonctionnaire Ho, il s'en était allé, non sans ajouter, en franchissant le seuil :

— Il est sans doute temps que Soktam meure. Dire qu'il attend ton retour en croyant qu'un type comme toi est son disciple… Ingrat !

L'attitude de Un'gok, dont la personnalité était habituellement tendre et généreuse, avait été pour Kojuk un choc violent, comme si un pilon l'avait frappé derrière la tête.

Kojuk était déjà fatigué de cette vie vagabonde. L'errance sentimentale, les exclamations vulgaires du public et les quelques sous jetés par des esthètes sans profondeur ne pouvaient compenser la désolation et le sentiment de vide, pas plus que les quelques amours sans valeur qui s'ensuivaient ou les griseries ne pouvaient les embellir. De plus, il avait déjà dépassé la quarantaine et son bouillonnement infatigable commençait progressivement à tiédir.

Son voyage à la montagne Odae, qui avait suivi, avait été la dernière flamme de sa passion, celle qui monte le plus haut, juste avant de mourir. A la suite de la rencontre avec le maître Un'gok, il avait pris congé du fonctionnaire Ho pour partir sur-le-champ vers la montagne Odae. Il comptait sur un vieil ami, supérieur de temple. Ce voyage n'était plus une prolongation de son vagabondage. Il ne pouvait plus reporter le moment du retour vers son vieux maître, auquel il avait vaguement pensé. Avant cela, il ressentait un besoin de purification.

Parvenu dans ce monastère, il avait vécu comme un moine pendant presque six mois. Mais, à l'instar de la colère accumulée depuis si longtemps contre son maître, les poussières de dix années de vie séculière ne pouvaient pas être balayées si facilement. Le printemps revenu, l'idée de retourner auprès de son maître ne lui semblait pas encore mûre. Un matin, après avoir aidé un moine à enlever l'écorce d'un pin, il se reposait sur un remblai derrière le bâtiment principal, quand, tout à coup, une fresque délabrée avait frappé son regard. Il avait d'abord cru qu'elle représentait l'une des douze divinités guerrières mais, en l'observant, il avait reconnu un immense oiseau dont la tête ressemblait à celle d'un faucon, avec un corps d'homme et des ailes dorées.

Il avait demandé au supérieur qui passait par là à cet instant précis :

— C'est quoi comme oiseau ?

Jetant un rapide coup d'œil, le bonze avait répondu :

— C'est un karura. Il a sur le front un joyau magique et il crache une flamme. C'est un immense oiseau imaginaire qui avale les dragons. Il vit dans la mer Sa, près de la montagne Sumi. C'est le cinquième gardien de la Loi bouddhique, et on le nomme soit *l'oiseau aux ailes d'or*, soit *l'oiseau aux ailes fabuleuses.*

Tout à coup, la phrase l'aile d'or qui fend la mer lui était revenue à l'esprit. C'était un des vers que le maître Soktam lui avait cité pour le mettre en garde contre sa calligraphie qui devait trop au talent et à l'art. Mais l'oiseau aux ailes d'or qui vivait jusqu'alors dans son esprit n'était qu'une métaphore abstraite et le symbole du trait fort et brut de son maître. A ce moment même où il se tenait devant cette peinture délabrée, cet oiseau avait commencé à prendre vie dans son imagination. L'espace d'un instant, il avait vu l'immense oiseau agitant ses ailes d'or, tournoyer dans le ciel d'azur profond de quatre-vingt-dix mille lis, fendant avec force la mer pour y saisir un dragon. Alors seulement, débarrassé de son besoin de reconnaissance et de valorisation, il était parvenu à comprendre ce que voulait dire son maître. Si une fois dans sa vie il avait cette vision, il aurait réalisé son ambition.

Le lendemain, il avait préparé son bagage. C'était l'année précédant la libération.

Kojuk se souvint du jour de son retour chez maître Soktam avec un sentiment de regret. Son maître était déjà mort. Sa maison, déserte tout au long de sa vie, était pleine de disciples et de compagnons. Mais personne n'avait accueilli Kojuk, ni ne lui avait adressé la parole. Seul le maître Un'gok lui avait dit, avec un air glacial :

— C'est toi qui rédigeras la bannière funéraire sur le cercueil du défunt. C'est la dernière volonté de maître Soktam. N'écris pas ses titres, seulement : "Ci-gît le confucianiste Soktam de la famille Kim."

Fondant en larmes, il avait ajouté :

— As-tu compris son idée ? S'il t'a confié la rédaction de sa bannière funéraire, c'est parce qu'il voulait partir avec ta calligraphie. Il aimait tant ton écriture. Que tu as été stupide !

A cet instant, la haine qui avait accompagné leurs deux vies s'était effacée, sans laisser la moindre trace. Il aurait voulu revoir, ne serait-ce qu'une seule fois, le visage de son maître, mais celui-ci avait déjà été enfermé dans son cercueil.

— Maître, vous ne rentrez pas ? dit Ch'ohon à Kojuk, qui était perdu dans une rêverie sans fin, devant sa propre calligraphie. En émergeant de ses souvenirs, il se leva avec lenteur.

— On continue.

Après quatre autres galeries, la vue de Kojuk devint subitement floue et ses jambes perdirent leur vigueur. Soutenant promptement son maître qui s'affaissait, Ch'ohon dit :

— Maître, qu'avez-vous ?

— Ce n'est rien. Allons voir d'autres galeries.

Ce n'était qu'une velléité. Un étrange frisson parcourut sa colonne vertébrale et des gouttes de sueur dégoulinèrent sur son front. A la onzième galerie, son esprit s'embrouilla. Le propriétaire de cette galerie lui-même lui conseilla :

— Rentrez maintenant. Il est inutile de continuer. Vous ne trouverez plus vos œuvres.

Se laissant tomber sur un sofa, Kojuk eut la présence d'esprit de donner un ordre à Ch'ohon :

— Fais le tour des autres galeries. Si par hasard tu trouves quelque chose, fais-moi appeler ici.

Ch'ohon examina un moment le visage de Kojuk, sans rien dire, puis sortit.

Kojuk se reposa un instant. Son visage retrouva ses couleurs habituelles et sa respiration redevint régulière. Le propriétaire demanda à Kojuk, comme s'il n'y attachait pas d'importance :

— Qu'est-ce que vous allez faire de toutes vos œuvres ?

C'était la question que toute la rue des galeries se posait depuis quelques mois. Mais Kojuk ne révélait à personne le fond de sa pensée. Ce jour-là pas plus que les autres.

— Ça sert toujours à quelque chose.

— D'après la rumeur, on dit que vous fondez une bibliothèque commémorative de vos travaux.

Une bibliothèque commémorative – Kojuk sourit imperceptiblement. Une vague de tristesse indescriptible se souleva dans son cœur. "Même si je vous disais la vérité, est-ce que vous me comprendriez ?"

— Ce n'est pas une mauvaise idée.

Après avoir dit cela, Kojuk changea de conversation :

— C'est l'original ?

Ce qu'il désignait, tout en sachant parfaitement qu'il s'agissait d'une copie, était une calligraphie en style abrégé qui copiait une œuvre de Ch'usa :

Les lois de la peinture sont comme un fleuve de dix mille lis,
L'art de la calligraphie est comme la branche d'un pin solitaire.

Ces vers faisant partie d'un paravent, ils n'avaient aucune raison d'être ainsi isolés. En regardant ce rouleau, le propriétaire lui répondit :

— C'est une copie de Ch'usa exécutée par un jeune calligraphe appelé Unbong. Je l'ai prise parce qu'il me semblait qu'il avait atteint un certain niveau.

— C'est cela…

Comme si le nom de Ch'usa faisait resurgir le visage effacé d'un être lointain, il examina le rouleau d'un air distrait. A une certaine période de sa vie, avec quelle passion violente ce géant l'avait-il accaparé !

Après la mort de maître Soktam, pendant presque dix années, il avait gardé sa vieille maison sans sortir. Il prenait soin de la veuve et du fils adoptif de son maître, tout en se lançant dans une nouvelle recherche. Il s'était remis à copier les différents styles qu'il n'avait fait que survoler.

Il avait commencé par collecter différentes épigraphes gravées sur le fer et la pierre, de Mo Kongjong et Sok Komun à celles des dynasties Chin, Han et So Chin, tout en étudiant les albums de calligraphie de l'école de peinture chinoise du Sud, de Chong Yo, Wi Kwan et la famille Wang Huiji à Chi Yong et U Senam, et l'école du Nord, de Sak Chong, Choi Yol et Yo Wonp'yo à Ku Yangsun et Cho Suryang. Avec le temps, sa lecture se faisait plus rigoureuse et ses connaissances s'approfondissaient. A l'extérieur des murs, ce fut la libération, puis la tuerie fratricide, mais aucun désordre n'aurait pu faire sortir Kojuk de la vieille demeure de maître Soktam.

C'est à cette période qu'il avait abordé Ch'usa d'une autre façon. Jadis, ces calligraphies avaient servi à son apprentissage. Ce géant était réapparu à l'improviste à chaque étape de son laborieux cheminement, l'avait émerveillé et finalement complètement envoûté. Cette expérience sans précédent pour lui trouvait sa source dans une compréhension et une admiration nouvelles pour Soktam. Celui-ci ne lui en avait jamais parlé de son vivant, mais il était héritier de la tradition de Ch'usa. Un des derniers, sans doute. Et si son enseignement était à ce point silencieux, c'est probablement parce qu'il n'avait rien à ajouter à celui de ce géant.

Cependant, Ch'usa lui-même ne l'avait pas absolument convaincu. Progressivement, même de façon sublimée, sa facilité artistique s'était à nouveau manifestée, cette facilité que jadis le maître Soktam ne voulait pas admettre, contre laquelle il l'avait mis en garde et qu'il avait voulu étouffer. En dernière instance, c'était la conception qu'avait Ch'usa de l'art que Kojuk ne pouvait pas admettre. Il voulait comprendre l'art pour lui-même et pensait que Ch'usa confondait art et savoir. La sensibilité pour apprécier la signification profonde et la rigueur de lecture pouvaient être des moyens d'accéder à la beauté ou même à des formes de beauté, mais elles ne pouvaient pas en être l'essence ni en constituer le fondement. Si, en fin de compte, la calligraphie de Ch'usa avait un tel rayonnement, c'était en raison de son talent personnel. Une des raisons pour lesquelles Kojuk ne pouvait pas être convaincu tenait au fait que la philologie de la dynastie Chong, dans laquelle le travail de Ch'usa plongeait ses racines, avait été écrasée par la recherche naissante d'une originalité coréenne. Privés de la tradition et d'un savoir solide, les héritiers de Ch'usa étaient condamnés à reproduire sans âme. Ch'usa était un géant que Kojuk se devait d'admirer et d'honorer comme son maître Soktam, mais il ne pouvait pas incarner un idéal artistique à poursuivre.

Comme le propriétaire de la galerie l'avait prédit, Ch'ohon revint, une heure plus tard, les mains vides. Il avait fait le tour des autres galeries, mais aucune œuvre de Kojuk n'était apparue depuis la veille.

Conduit par Ch'ohon qui voulait l'en empêcher, Kojuk se dirigea vers la bibliothèque municipale pour récupérer *l'Incitation aux études* qui s'y trouvait. Là, en argumentant avec le directeur borné, il perdit connaissance.

Il rouvrit les yeux vers la fin de l'après-midi. Autour de son lit, quelques visages familiers le regardaient avec inquiétude. Il les examina lentement. A côté d'un Ch'ohon impassible, deux anciens disciples et Ch'usu, les yeux rouges, qui demanda d'une voix larmoyante :

— Père, vous avez repris connaissance ?

Au lieu de lui répondre, Kojuk fit oui de la tête et continua à regarder autour de lui. Il remarqua, près de Ch'usu, une autre figure familière. C'était Nanjong, le premier disciple auquel il avait donné un nom de plume. L'ingrat… Son regard se durcit. Nanjong avait suivi son enseignement pendant presque dix ans, depuis le jour où il s'était installé dans la maison de Soktam, jusqu'à ce que lui-même ouvre son propre atelier. Bien que de moins de dix ans le cadet de Kojuk et, venu travailler auprès de lui vers l'âge de quarante ans, sachant déjà à sa façon maîtriser la calligraphie, il s'était toujours comporté comme un disciple. Mais un jour, brusquement, il avait rompu avec son maître et avait, quelques années plus tard, ouvert son propre atelier. Kojuk avait regretté qu'il soit parti sans dire un mot, mais c'est la suite qui l'avait bouleversé. Nanjong se faisait valoir en tant que disciple de maître Soktam et faisait répandre le bruit que Kojuk n'avait été, pendant dix ans, que son aîné dans l'apprentissage. Kojuk, en fureur, avait couru jusqu'à son atelier. Il voulait l'admonester, mais avait abouti au résultat contraire, devant tout le monde.

— Que se passe-t-il, frère aîné ?

Devant ses nombreux disciples, Nanjong, avec un sourire sournois, avait continué avec des "Oh, mon frère aîné" et des "Quand on étudiait ensemble". Il avait même été jusqu'à porter plainte contre Kojuk pour injures, prétextant qu'il s'était quelquefois rendu chez Soktam. Il y avait de cela une dizaine d'années.

Remarquant la dureté du regard de Kojuk, Ch'usu expliqua précipitamment :

— Père, il vous a rapporté deux peintures de bambous.

— On m'a dit que vous rassembliez vos œuvres... J'ai rapporté tout ce que j'avais de vous.

Sur le visage de Nanjong qui bredouillait n'apparaissait plus l'air malicieux d'antan. La soixantaine... Kojuk contempla les rides qui s'étaient creusées au cours de ces dix années et il ferma les yeux. Son ressentiment ne se dissipait pas facilement.

Une fois calmée, tant bien que mal, sa colère intérieure, Kojuk épuisé dit :

— Bien, tu peux partir.

— Bon, je vous les laisse.

Là-dessus, ne pouvant rien faire de plus, Nanjong sortit de la pièce, le visage sombre. Un lourd silence régna de nouveau. Ch'usu le rompit :

— Chaeshik a téléphoné.

— Quand est-ce qu'il arrivera ?

— Cette nuit. J'appelle aussi Yunshik ?

Kojuk répondit d'une voix aussi basse qu'un soupir :

— Oui.

Chaeshik était le fils aîné qu'il avait eu avec sa femme maintenant disparue. La fille qu'ils avaient eue ensuite était morte pendant la guerre de Corée. La vieille dame avec laquelle il avait plus tard vécu lui avait donné le cadet, Yunshik. Chaeshik, à quarante-quatre ans, était commerçant à Pusan, tandis que Yunshik, ayant à peine vingt ans, était étudiant à Séoul. Kojuk n'était pas particulièrement attentionné, mais quand il lui arrivait de penser à ses fils, c'était d'habitude Yunshik qui lui serrait le cœur, car il avait perdu sa mère à l'âge de treize ans et avait été élevé par sa belle-sœur Ch'usu. Ce jour-là, c'est Chaeshik qu'il avait particulièrement envie de voir, non pas l'homme usé d'âge mûr, mais l'enfant de seize ans qu'il avait retrouvé, errant comme un mendiant, et qu'il avait ramené à la maison. Avec celui de son fils, le visage de sa femme, oublié depuis si longtemps, resurgit dans sa mémoire.

Kojuk avait vingt-deux ans quand il s'était marié par l'intermédiaire du maître Un'gok. Sa femme, une nièce éloignée de ce dernier, appartenait à la famille Ch'oe de Kyongju. Elle n'était ni belle ni laide et avait un cœur si généreux que, à la connaissance de Kojuk, elle n'avait jamais élevé la voix, pas même une fois. Mais, dès le commencement, ils n'avaient pas été très heureux. La passion de Kojuk pour la calligraphie, passion qui avait entièrement brûlé sa jeunesse, en était la cause. A part les quelques premiers jours de leur mariage, Kojuk passait ses journées chez Soktam et son esprit était toujours ailleurs, même une fois rentré à la maison. Elle avait tenu tout leur ménage. Ce qu'il gagnait se limitait au peu de riz que Soktam partageait avec lui et aux frais de pinceaux qu'on lui offrait parfois. Le travail de couturière à domicile qu'effectuait sa femme ainsi que les services qu'elle rendait ne suffisaient pas pour les nourrir et les habiller.

Néanmoins, la situation n'avait pas été si mauvaise, tant qu'il avait travaillé avec Soktam. Qu'ils se soient aimés ou non, ils avaient vécu sous le même toit, avaient eu deux enfants et Kojuk avait, par moments, assumé son rôle de père de famille. Après avoir quitté Soktam, sans dire un mot, pour vagabonder, tout avait pris fin et il avait complètement oublié sa famille.

Pour Kojuk, femme et enfants avaient toujours été comme un vêtement désagréable qu'il fallait porter, ou une commodité, ou encore une obligation. C'était pour cela qu'il avait été capable de les quitter sans regret et qu'une fois parti il avait pu cruellement les oublier.

En vérité, sa femme était venue le chercher deux ou trois fois, après s'être renseignée, à droite et à gauche. Il s'était chaque fois débarrassé d'elle avec une froideur extrême et incompréhensible, même pour lui. Davantage sans doute parce qu'il découvrait le visage de sa propre vie que par pitié pour elle qui menait une existence de misère avec ses enfants en bas âge. Une seule fois, il lui était arrivé de lui donner sept wons et une paire de chaussures en caoutchouc, quand, sa fille sur le dos, elle était venue le chercher dans une auberge. Mais il s'agissait là d'un geste de compassion adressé à des pauvres et à non à sa femme et sa fille. Les chaussures déchirées de sa femme allaient rendre l'âme et sa fille avait la fièvre. Ils ne s'étaient pas revus.

En fin de compte, cinq années après son départ, sa femme, à bout de ressources, était retournée chez ses parents avec ses enfants. C'était l'année où Kojuk avait commencé à vivre avec Maehyang. L'année suivante, sa femme avait émigré à Taiwan où son frère s'était installé, et n'était jamais revenue. Il avait appris qu'elle s'était remariée, ce que semblait confirmer le fait qu'elle n'avait pas repris ses enfants. Quand Kojuk, quelques années après son retour chez Soktam, avait récupéré ses enfants, Chaeshik avait déjà seize ans et sa fille onze.

De même que Kojuk ne s'était jamais senti coupable de l'avoir abandonnée, sa femme n'avait manifesté aucune rancune à son égard. Il avait la même attitude vis-à-vis des innombrables femmes qu'il avait eues dans sa vie. Il n'avait jamais éprouvé de passion durable, que ce soit pour les *kisaeng* avec lesquelles il avait vécu, comme Maehyang, les femmes âgées qui avaient partagé sa vieillesse, ou celles, artistes, auxquelles le liait la calligraphie. Quelle qu'ait été l'attitude de ces femmes, celle de Kojuk avait décidé de son sort solitaire.

"Alors, qu'est-ce que j'ai aimé vraiment avec passion ? Qu'est-ce que j'ai voulu obtenir tout au long de ma vie ?" Kojuk retomba dans sa mélancolie, comme dans une profonde tristesse, en regardant, épuisé, Ch'ohon qui, les visiteurs partis, était resté seul dans la chambre, comme une statue de bois. Evidemment, c'étaient la peinture et la calligraphie. Il n'avait ni le sens de la famille, ni la notion de la vie quotidienne. Des mots comme "propriété" ou "accumulation" lui étaient étrangers. Il n'avait jamais été assoiffé de pouvoir ou d'ambition. Bien qu'apparemment extravagant et anarchique, son mode de vie était extrêmement simple. Il voulait être fidèle, sans être contraint par des idées reçues ou des reproches moralisateurs, à ses plus profondes impulsions. C'était la seule façon d'agir et de se comprendre qu'il connaissait. L'impulsion qui le saisissait le plus souvent et le plus violemment était celle qui le dirigeait vers la beauté, et c'était à celle-ci que sa calligraphie et sa peinture obéissaient.

Repris par son ironie, il se demanda : "Finalement, qu'est-ce que tout ça a bien pu m'apporter ? Et qu'est-ce que ça peut encore me donner ?..."

Toute sa vie d'adulte avait été déchirée entre deux conceptions contradictoires de l'art, comme le montraient ses relations avec maître Soktam.

En Orient, la réalisation de la Beauté, c'est-à-dire l'Art, avait toujours une fonction. Dès l'origine, l'Art était un moyen de gouverner et ne pouvait sortir de l'ombre du pouvoir politique. Parfois, il était dominé par une conception religieuse ou savante.

Loyauté et fidélité en étaient les thèmes majeurs. Et des expressions comme "sensibilité d'appréciation" et "rigueur de lecture", "esprit taoïste" et "aptitude à la méditation" étaient souvent utilisées pour désigner les plus hauts degrés de l'Art.

En Occident, bien sûr, la situation n'était pas très différente. L'Art, parasité par le pouvoir et la richesse, s'était souvent réduit à la simple décoration des palais des rois et des grands féodaux, ou à la glorification de Dieu. Mais, avec l'apparition de la société civile, l'Art était devenu autonome et, à la différence des artistes orientaux qui devaient être doués en tout, leurs homologues occidentaux avaient réalisé leur individualité. Alors l'Art s'était libéré des valeurs avoisinantes qui le dominaient jusque-là. Alors les talents individuels comme la sensibilité ou l'imagination avaient pu se faire reconnaître comme des valeurs sociales à part entière.

A l'époque de sa naissance, l'Orient était encore obnubilé par sa conception traditionnelle. Les artistes venaient le plus souvent du bas de l'échelle sociale. Leur mode de vie était souvent considéré avec mépris, comme placé sous une mauvaise étoile ou marqué par un penchant fatal au vagabondage. L'essence de l'art résidait toujours dans le savoir, et son degré d'accomplissement s'exprimait en termes de Voie ou de Zen. Le maître Soktam était sans doute le dernier à avoir été fidèle à cette conception, jusqu'à son dernier souffle.

Du point de vue occidental, Kojuk était un artiste-né mais, aux yeux de Soktam, son art était vulgaire, marqué par le tempérament grossier des artisans. Si sa personnalité avait été moins forte ou s'il était né un peu plus tôt, le conflit entre disciple et maître n'aurait pas été si long ni aussi grave. Mais Kojuk n'avait pas supporté que son art ait été contraint par autre chose que son essence, et il se sentait confirmé en cela par les temps qui venaient. Heureusement, grâce à la fascination craintive du disciple pour le profond savoir de son maître et à l'amour de ce dernier pour le talent de son disciple, ils s'étaient, bien que tardivement, réconciliés.

Mais l'errance spirituelle de Kojuk n'avait pas pris fin avec les années d'enfermement, pendant lesquelles il avait essayé de concilier leurs deux conceptions de l'art.

"Pendant ces vingt années où je me suis plongé dans la recherche, qu'ai-je découvert ?"

Kojuk s'endormit comme s'il perdait connaissance.

Quand un bourdonnement lui fit rouvrir les yeux, le jour était déjà tombé.

— Bientôt la douleur va reprendre. On ne peut rien faire d'autre que de l'empêcher de souffrir trop.

La personne qui avait parlé souleva la couette. C'était le docteur Chong. La sensation d'une seringue qui lui traversait la peau le fit tressaillir comme un vent froid. Il y avait du monde dans la pièce. Il comprit instinctivement ce que cela signifiait.

— Père, vous me voyez ? C'est Chaeshik.

L'aiguille à peine ressortie, son fils aîné prit sa main en sanglotant. L'enfant, qui ne s'était jamais habitué à la maison depuis qu'il y était arrivé, à l'âge de seize ans, avait toujours eu un regard froid. Kojuk se souvint en frissonnant du jour où cet enfant avait quitté la maison pour la première fois. C'était le lendemain du jour où il lui avait acheté un pinceau et une pierre à encre pour qu'il sache au moins écrire son propre nom. Il avait disparu, laissant la pierre en poussière, comme s'il s'était acharné dessus avec un marteau, le pinceau fendu comme un éventail et une poignée de poils de mouton. Après son retour, et jusqu'à son service militaire, ce fils l'avait fait souffrir. Il avait volé calligraphies et peintures, sans même attendre qu'elles soient revêtues d'un sceau et avait forcé le coffre. Après son service militaire, il avait semblé calmé, mais à peine s'était-il fait remettre l'argent pour acheter un camion qu'il avait disparu. Il y avait à peine deux ans que Chaeshik, parvenu à la quarantaine, avait recommencé à voir son père.

— Yunshik est là aussi.

Ch'usu posa la main de Yunshik qui sanglotait sur l'autre main de Kojuk. Les yeux de Ch'usu étaient gonflés par les pleurs, au point d'en être laids. “Les pauvres enfants. Tous avec une mère différente. Quel mauvais père ! Le peu d'héritage que je vous laisse pourra-t-il compenser mes insuffisances… ?” Kojuk avait déjà divisé ses biens. Le verger pour Chaeshik, l'atelier pour Yunshik et la maison pour Ch'usu. Il pensa qu'il avait bien fait d'abandonner l'idée de créer un prix avec le reste. Il ne voulait pas se réconcilier avec la société qu'il avait ignorée toute sa vie.

Une femme empêcha ses trois enfants de sangloter.

— Ecoutez, calmez-vous. Il ne faut pas qu'il parte de cette façon.

Puis, prenant les mains de Kojuk dans les siennes, elle lui demanda doucement :

— Me reconnaissez-vous ?

Essayant de concentrer son regard que l'effet du médicament rendait déjà flou, il leva les yeux vers elle. C'était Okkyo, une calligraphe dont il avait, un moment donné, été amoureux au point que tous disaient qu'elle était sa maîtresse. Elle vivait maintenant dans son propre atelier, en banlieue. "Bien sûr que je te reconnais, bien sûr..." Mais sans qu'il ait pu dire un mot, un sommeil profond le saisit de nouveau.

L'oiseau aux ailes d'or s'envole. Ses ailes larges de plusieurs dizaines de lis battent au-dessus de la mer d'azur. Mais ce battement n'a pas la violence et la vigueur qui chassent les démons et les mauvais dragons. C'est un extraordinaire mouvement d'élévation vers un monde plus clair et plus beau. Sur sa tête divine brille un bijou magique, dans toute sa splendeur. Les flammes qui jaillissent de son bec comme autant de fleurs rouges flottent comme des nuages au-dessus de l'océan bleu. Il chevauche sur son dos. Il s'agrippe à une plume du cou pour ne pas glisser. Soudain, l'oiseau aux ailes d'or monte plus haut et le vent violent fait tomber Kojuk qui se retient à une plume. Les forces lui manquent. "Ah, ah..." Il se réveilla. Il avait dû dormir un bon moment. La pendule du salon indiquait quatre heures. C'était le matin. L'effet du calmant s'étant dissipé, une douleur dont il ne pouvait définir exactement la nature ni l'emplacement envahit son corps, mais son esprit demeura étrangement clair.

La plupart des visiteurs étaient partis. Il n'y avait plus que les deux frères appuyés contre le mur et Ch'ohon sur la table de lecture, tous endormis. Doucement, Kojuk essaya de se redresser. A sa grande surprise, il y parvint aisément. Il eut l'impression que la douleur aux reins se calmait. Il se souvint brusquement de ce qui lui restait à faire.

D'une voix posée, il appela Ch'ohon de son vrai nom :

— Sangchol !

Ch'ohon avait une ouïe dont l'expression de son visage ne laissait pas deviner la finesse. Il se réveilla d'un seul coup.

— Maî... maître ! Qu'avez-vous ?

Même pour ses yeux mal réveillés, la vue de son maître assis, appuyé contre le mur, dut lui paraître étrange. Il se leva brusquement pour venir soutenir Kojuk. Mais celui-ci lui dit avec un geste de la main pour l'en prévenir :

— Sors du placard et de l'écritoire toutes les peintures et les calligraphies que nous avons récupérées.

— Comment ?

— Je te dis de sortir toutes mes œuvres.

Ch'ohon obéit. Rassemblées, il y avait plus de deux cents œuvres. Même sans cadre et sans support, cela formait un tas assez haut, dans un coin de la chambre.

A ce moment-là, Chaeshik et Yunshik se réveillèrent et demandèrent intrigués, en se frottant les yeux :

— Père, que faites-vous ?

Le comportement de Kojuk ne ressemblait pas à celui d'un malade, et ses fils oublièrent un instant ce que le docteur Chong avait dit la veille. Sans répondre, Kojuk demanda à Ch'ohon :

— Pourrais-tu mieux éclairer la pièce ?

— J'ai vu une lampe quelque part… Je vais la chercher.

Ch'ohon, sans demander d'explications à Kojuk, sortit pour revenir l'instant d'après avec une lampe. Quand la pièce fut mieux éclairée, Kojuk donna un nouvel ordre à son disciple :

— Maintenant, déplie-les et montre-les-moi une par une.

Toujours sans rien dire, Ch'ohon fit ce que Kojuk lui avait demandé. La première œuvre écrite vers la cinquantaine imitait le style de U Senam.

— C'est un vers de U Senam, mais je n'ai pas hérité de ses cinq mérites. Mets ça à gauche.

Puis, ce fut une peinture d'iris.

— Là, je voulais renier Chong Sach'o mais j'étais toujours dans l'ombre de Sokp'a. Ce n'est ni l'iris de la montagne ni l'iris du cœur. Mets-le à gauche.

Devant ses œuvres défilant une à une, il continua ainsi son autocritique. Elle était sévère et austère, comme s'il s'attaquait aux travaux d'un ennemi de longue date. En ce qui concernait les calligraphies réalisées à partir de modèles, il critiqua l'insuffisance de l'imitation ou la composition et la disposition des caractères. Et, à propos de son propre travail, il en condamna la vulgarité et la technique maladroite. Il fit placer toutes ses calligraphies à gauche. Il en fut de même pour la peinture. La sévérité des règles traditionnelles et l'exigence de son propre regard interdisaient qu'aucune fût placée à droite.

Ce travail, commencé à l'aube, dura jusqu'au milieu de la journée. Il fallut pour cela une volonté quasi surhumaine, comme devait la qualifier par la suite, à plusieurs reprises, le docteur Chong émerveillé.

Au fur et à mesure, la grande chambre s'était remplie de visiteurs. Mais, écrasés par l'air solennel de Kojuk, ils n'osèrent pas l'empêcher de gaspiller ainsi son énergie. Kojuk ne semblait avoir conscience que de la seule présence de Ch'ohon.

Il était dix heures passées quand le tri prit fin, et aucune peinture, aucune calligraphie n'avait été placée à droite. Kojuk dont le regard n'avait jamais cessé de briller d'une lueur d'espoir, tout au long de son examen, demanda avec inquiétude à son disciple, devant les genoux duquel il ne restait plus rien :

— Il en reste ?

Ch'ohon, impassible, répondit :

— Non.

A ce moment-là, le visage de Kojuk fut inondé de tristesse.

Son menton, jusqu'alors bien droit, tomba sur sa poitrine et son corps s'affaissa. Croyant que le pire était arrivé, quelques personnes entourèrent Kojuk en criant. Mais Kojuk, l'esprit clair, réfléchissait. "Finalement, je ne l'ai pas trouvé. J'aurais voulu le voir une fois au moins dans ma vie, mais, quelque part, j'ai toujours dû savoir que c'était impossible. C'est pour cela que j'ai reporté ce moment le plus tard possible..."

Qu'avait-il tant espéré voir dans le travail de sa vie entière ? L'oiseau aux ailes d'or aperçu en rêve. Quand il avait quitté maître Soktam, cet oiseau était le symbole de la beauté orientale idéale, de la force invincible et de la vivacité indomptable. Mais lorsque Kojuk était sorti de l'influence de la conception traditionnelle, l'oiseau aussi s'était transformé : il avait alors symbolisé la beauté réalisée dont Kojuk était l'auteur.

Ses théories sur la calligraphie et la peinture qui avaient mûri tout au long de sa vie, pour s'affermir au cours des dix dernières années, se résumaient ainsi : contrairement aux traditionalistes qui voulaient comprendre la peinture par la calligraphie, il voulait parvenir à la compréhension de la calligraphie à travers la peinture. Si la calligraphie a pour but la transmission d'un message, il n'y a aucune raison de lui consacrer toute sa vie. En quelques mois, avec n'importe quel pinceau, on peut arriver à transmettre ce message et, dès que l'on dispose de moyens comme le crayon ou le stylo, quelques jours suffisent. Mais l'essence de la calligraphie résidant non pas dans la signification mais dans l'émotion, c'est donc en tant que peinture qu'il fallait la comprendre. Cela expliquait pourquoi la calligraphie ne s'était développée qu'en Orient où l'on utilise les idéogrammes. La peinture en elle-même, réalisée par des calligraphes, était devenue une valeur secondaire, sous l'influence de la tradition. C'était le premier argument de Kojuk.

Ce qui était particulier dans sa conception était la distinction entre la peinture de l'objet et la peinture du cœur. La peinture de l'objet consiste à représenter la nature en tant que telle en y ajoutant son sentiment propre, alors que celle du cœur utilise les objets pour mettre en valeur les sentiments humains par la transformation de ces objets. Cela correspondait respectivement à la peinture figurative et à la peinture non figurative occidentales. Kojuk prétendait qu'en Orient ces deux points de vue étaient mêlés, et que, pour les calligraphes et les peintres, ils n'avaient pas de valeurs hiérarchisées. C'était une question de choix.

Venu de l'océan de la tradition, l'oiseau de Kojuk s'envolait vers son idéal de beauté. A l'approche de la mort, Kojuk aurait bien voulu racheter sa vie triste et solitaire par la vision de cet oiseau s'envolant sous son propre pinceau. Mais, jusqu'au dernier moment, il ne l'avait pas vu. Ce n'était pas uniquement parce que sa force était épuisée qu'il s'était affaissé.

Contrairement à ce que pensaient disciples et amis, il rouvrit les yeux presque aussitôt. Malgré les conseils, il se redressa et appela Ch'ohon d'une voix claire :

— Sors ce tas dehors, et mets-le par terre, près de la terrasse.

Ch'ohon, à de très rares exceptions près, ne s'opposait jamais à son maître. Cette fois-ci, il eut l'air fort intrigué :

— …

— Avec ça, je me suis trompé toute ma vie, et j'ai trompé les autres. En croyant faire une chose de valeur, je me suis leurré et j'ai accepté l'admiration et le respect du monde comme si c'était naturel.

— Qu'est-ce que vous dites…

— Une telle vie doit exister, sans doute, mais ce n'est pas la mienne.

— …

— A cet instant, je voulais qu'un oiseau aux ailes d'or s'envole de tout cela. Je croyais que ma vie serait par là justifiée, mais même si je l'avais vu, cet oiseau, je me demande maintenant si j'aurais vraiment eu ce sentiment d'accomplissement.

— …

— Va, fais ce que je te dis. Si on laissait ça, on tromperait la postérité elle-même.

Ch'ohon, sans mot dire, sortit avec le tas dans les bras. Il était impossible de dire si Ch'ohon avait vraiment compris son maître ou s'il ne faisait qu'obéir, ou encore s'il n'avait pas osé s'opposer à lui. Personne dans l'assistance ne se mit en travers de son chemin, l'air solennel, étrange et l'espèce de noblesse qui émanaient de Kojuk écrasant tout le monde.

Quelqu'un voulut fermer la porte, une fois Ch'ohon sorti, mais Kojuk l'en empêcha :

— Laisse la porte ouverte !

D'une voix haute et claire, qui n'était pas celle d'un malade à l'approche de la mort, Kojuk donna un ordre à Ch'ohon qui marchait dans la cour :

— C'est là. Pose tout.

C'était un endroit que Kojuk pouvait voir de sa chambre. Quand Ch'ohon eut déposé le tas à côté de quelques fleurs fanées, Kojuk ordonna à nouveau d'une voix forte :

— Mets-y le feu !

Alors seulement l'assistance réagit. Certains voulurent dissuader Kojuk, d'autres coururent vers Ch'ohon. Ce fut un remue-ménage inutile. Sans prêter attention à ceux qui l'entouraient, Kojuk poussa brusquement un cri de tonnerre :

— Je te dis d'y mettre le feu !

La réaction de Ch'ohon fut incompréhensible. Son visage montra une étrange colère. Il fixa méchamment son maître, puis, écartant violemment ceux qui gênaient ses mouvements, mit le feu. Comme il devait par la suite traiter Kojuk d'escroc, on peut penser que Ch'ohon avait éprouvé un sentiment de révolte. Avec un tempérament proche de celui du maître Soktam, il n'avait certainement pas pu accepter la négation forcenée de soi et l'autodévalorisation exagérée dont son maître faisait preuve.

Le tas de papiers desséchés, parfois huilés, s'enflamma aussitôt. Une lamentation, comme un gémissement, un sanglot retenu et des cris sourds s'élevèrent ici et là.

Pour certains, l'œuvre entière de Kojuk brûlait. Pour d'autres, une vérité tragique se consumait, pour d'autres encore, la vie même de Kojuk partait en flammes. Pour quelques rares personnes, ce tas de peintures et de calligraphies semblait un tas de gros billets. Le meilleur des œuvres de Kojuk, qui avait joui d'une grande renommée pendant presque un demi-siècle, que deux présidents avaient sollicité, et qui avait refusé d'un geste de faire partie du jury de l'exposition nationale, partait en fumée.

A cet instant précis, Kojuk vit un immense oiseau aux ailes d'or jaillir subitement des flammes. Ses superbes ailes d'or. Son envol majestueux.

Kojuk mourut vers huit heures, le jour même. Il avait soixante-douze ans.

L'HIVER, CETTE ANNÉE-LÀ

Je pense être maintenant en mesure de parler de cet hiver-là. Je suis devenu chef de famille et je me rends chaque matin à mon travail, dans un costume tout à fait correct, arborant une expression de sincérité. J'ai largement dépassé la trentaine, et je n'ignore plus que les sentiments doivent traverser plusieurs filtres avant de prendre forme, et qu'il y a lieu d'avoir honte des belles phrases fondées sur l'exagération ou la dénaturation des faits.

C'était il y a dix ans exactement. L'hiver de cette année-là, j'ai travaillé dans une taverne du Kyongsangpukdo, comme *pang'u*. Le mot *pang'u*, à l'époque, était un prénom courant à la campagne, mais il n'était plus utilisé que dans le sens d'homme à tout faire.

Ce n'était pas pour travailler comme *pang'u* dans un tel endroit que j'avais quitté école et famille.

Quand j'ai commencé à vagabonder, j'ai décidé d'aller me faire embaucher comme mineur dans le Kangwondo. Mais gagner sa vie était beaucoup plus difficile à l'époque, et aucun emploi ne s'était présenté au petit voyou venu de nulle part que j'étais, après tout. Une fois pourtant, j'ai eu l'occasion de descendre dans le puits d'une mine privée. J'ai été complètement estomaqué par cette visite là-dessous. Une mine privée, c'est... En fait, aujourd'hui encore, on peut lire des articles sur cette question, et il n'est donc pas très difficile de se faire une idée de l'horreur que c'était il y a dix ans. Le premier jour sous terre, le mur de soutènement d'une galerie s'est effondré sur deux hommes, les enterrant vivants. J'ai été si horrifié que je me suis juré de ne jamais devenir mineur. Certes, dans un recoin de mon petit sac de voyage, il y avait quelques pilules capables de me tuer en une minute, et, d'un point de vue intellectuel, j'avais toujours vécu dans une sorte d'intimité avec la mort. Mais mourir comme ces deux malheureux était une chose que je ne pouvais pas même envisager.

J'ai décidé alors de me diriger vers le sud afin de voir ce qu'il pouvait y avoir pour moi là-bas. Je me suis arrêté dans un petit village de pêcheurs de la côte est. J'avais vaguement en tête l'idée de trouver du travail sur un bateau. Sans succès. J'ai traîné dix jours durant sur le quai, mais aucun de ces hommes qui gagnaient leur vie en pêchant près de la côte sur de vieilles barques étroites n'a daigné me lancer un regard. En fin de compte, j'ai rassemblé tout mon courage pour m'adresser au propriétaire d'un petit vapeur, afin de lui demander s'il avait quelque chose pour moi. Mais cet homme d'apparence fruste, qui me rappelait le capitaine d'un bateau pirate, s'est mis à me railler ouvertement, dès qu'il a vu mon visage blafard et mes mains trop douces.

— On dirait le jeune maître d'une maison riche ! Vous feriez mieux de rentrer chez vous pour retrouver vos livres, au lieu d'embêter ceux qui travaillent. Je vous vois déjà vomir tripes et boyaux avant même qu'on soit à dix lis du port !

J'ai senti qu'il serait inutile de continuer à tenter ma chance dans ce village. J'ai tourné le dos au petit port pour m'enfoncer vers les terres. Aujourd'hui encore, je me souviens parfaitement des merveilleuses feuilles d'automne et de ce ciel bleu-indigo que je contemplais en gravissant un pic dont je ne connaissais pas le nom. Toute la journée, j'ai traversé cette région montagneuse avec une détermination obstinée et aveugle. J'ai marché cinq jours, empruntant des routes et des chemins de traverse dont j'ignorais tout, avant d'arriver à cette taverne où je devais devenir homme à tout faire.

La première nuit, je l'ai réglée avec mes dernières ressources, et, après m'être soûlé, je me suis laissé aller à un sommeil paisible, comme si je n'avais pas le moindre souci. Le lendemain matin pourtant, tout m'avait semblé confus. J'étais un peu dans la situation de celui qui aurait été jeté dans un territoire totalement inconnu, sans le moindre argent en poche. Je n'avais pas d'autre solution que de tenter d'émouvoir le tenancier de cette taverne, qui avait l'air sympathique, afin qu'il m'aide à trouver dans le voisinage un travail de domestique ou quelque chose d'approchant. Et, en fait, c'est lui-même qui m'a engagé. Sans salaire régulier néanmoins. Juste le logement et la pension, et, avait-il ajouté, un peu d'argent de poche à l'occasion. J'ai accepté parce que je n'étais pas vraiment en situation de faire le difficile.

Mais, compte tenu du travail que j'allais avoir à fournir, je ne peux vraiment pas dire que j'étais maltraité.

Maintenant que je me repenche sur tout cela, l'idée que j'aurais pu travailler comme mineur ou sur un bateau de pêche me semble extravagante, c'est le moins que je puisse dire.

Comme je l'ai déjà laissé entendre, rien de rationnel ne m'avait poussé à l'errance. J'avais été perturbé et épuisé par deux années d'université, ainsi que par la mort d'un ami proche, qui m'avait laissé désespéré, en proie à un sentiment de vide.

Cette fatigue, cette confusion, ce rejet étaient devenus si intenses que j'en étais arrivé à me demander si la vie n'exigeait pas de moi une décision existentielle, si je ne devais pas jeter au loin sa coupe amère ou si, au contraire, malgré cette amertume, je devais la vider jusqu'à la dernière goutte. Même s'il est indubitable que c'était là une réaction émotionnelle par trop exagérée, j'ai le sentiment que le fait de n'avoir eu que vingt ans m'en excuse partiellement.

Je pense que quelque chose en moi savait aussi que la souffrance que j'endurais était la voie que les gens autour de moi, tout le monde en fait, devaient emprunter une fois au moins dans leur vie, ce qui signifiait que confusion et fatigue auraient une fin, et se transformeraient en expérience utile. Cela n'était évidemment qu'un bien piètre espoir, mais un espoir quand même. Je sentais alors que la confusion et l'épuisement avaient leurs racines dans ma longue familiarité avec les abstractions trompeuses et les pensées infondées. Mais, dans le même temps, je n'ignorais pas que le cerveau humain parvient d'autant mieux au repos que le corps est sollicité. En un mot comme en cent, je voulais reposer mon esprit en imposant un travail suffisamment pénible à mes muscles.

Ma décision était peut-être aussi motivée par une sorte de masochisme que j'avais pris pour de l'autodiscipline. Je voulais moins affronter les rigueurs de l'existence que chercher un prétexte pour me pardonner mes fautes passées et développer mes capacités latentes en me plaçant dans une situation de crise.

Je dois dire toutefois que je ne suis parvenu à cette compréhension de mes pérégrinations intérieures que très récemment. A cette époque-là, les sentiments dominants qui se faisaient jour dans ma conscience étaient l'insensibilité et l'indifférence.

Je m'efforçais alors d'éviter tout ce qui aurait pu me déranger ou me lancer dans une réflexion trop profonde. Par instants, je me laissais même couler dans un état de silence végétatif à la limite de l'imbécillité. Quand j'y repense maintenant, c'étaient l'insensibilité et la distraction, bien plus qu'un motif d'ordre financier, qui m'avaient rendu capable d'accepter ce dégradant (dégradant, d'un certain point de vue, naturellement) travail de *pang'u* dans une taverne d'un coin perdu.

Cette taverne était presque trop grande pour le genre de petite ville de province où elle se trouvait. Il y avait jusqu'à neuf salles dans cette construction qui servait d'auberge aux gens de passage, la plupart du temps. En certaines occasions, pourtant, cette taverne devenait une maison de *kisaeng*.

En quelles occasions exactement, c'est ce que je vais expliquer.

Mon occupation principale consistait à m'assurer que les lampes de ces neuf pièces étaient toutes nettoyées et frottées, de façon que ces pièces soient agréablement et régulièrement éclairées tout au long de la nuit. Je devais aussi faire en sorte que leur sol reste bien chaud.

Par ailleurs, j'étais chargé de balayer une cour de cinquante *p'yong,* d'apporter les tables de collation et l'alcool ou de porter les commandes à l'épicerie. En fait, la cour était balayée par le propriétaire, qui était une personne particulièrement active, et les collations étaient apportées par les jeunes filles chargées du service, qui devaient être une bonne demi-douzaine à l'heure du coup de feu. Quant aux courses à l'épicerie, l'un des employés de la taverne était lié à la famille de l'épicier, et ne demandait pas mieux que d'y aller à ma place.

Mais, même ainsi, mon travail était assez dur et demandait beaucoup de temps. C'était une tâche considérable, qui commençait par le nettoyage des abat-jour, recouverts de la suie épaisse de la nuit. Il n'était pas moins astreignant de préparer les mèches, qui ne devaient pas trop fumer, même quand elles étaient sorties de façon à fournir une lumière forte et égale dans toute la pièce.

La corvée de bois, qui consistait à débiter des rondins apportés par camions des flancs d'une colline voisine, n'était pas des plus simples, puisqu'il fallait être en mesure de chauffer les neuf pièces à tout moment. Certaines fois, les rondins n'étaient pas assez secs, et il était alors très difficile de trouver suffisamment de bois d'allumage. Il n'était pas rare que je me retrouve de nombreuses heures devant les poêles de ces pièces, jetant à intervalles rapprochés des aiguilles de pin sèches afin que le feu ne meure pas ; alors je n'étais pas couché avant minuit.

On apprend néanmoins toujours à simplifier son travail, et je m'y suis habitué si vite qu'il a fini par me plaire au point que je tirais fierté de mes capacités.

Je commençais le nettoyage des lampes en fin d'après-midi. Tandis que je savonnais les verres couverts de suie qui avaient servi toute la nuit, afin d'effacer l'odeur d'alcool, de tabac ou de chair et d'anéantir le sentiment de vide qu'ils provoquent, mon esprit lui-même semblait se libérer agréablement. Quand j'allumais les mèches que j'avais préparées avec de grandes précautions pour qu'elles ne fissurent pas le verre ni ne fument, je ressentais cette sorte de gratification que procure la création artistique.

Il en allait de même pour le chauffage des pièces, dont je m'occupais sans utiliser des quantités de bois irrégulières ni excessives. Je ne me servais que de six rondins par jour, choisis parmi ceux qui étaient éparpillés dans la cour.

Trois d'entre eux étaient tordus et noueux, mais les trois autres étaient droits et réguliers, un seul coup de hache suffisant à les briser. Je les sciais en longueur, de façon à obtenir des morceaux d'une quarantaine de centimètres, puis, sous le timide soleil d'hiver, je débitais ceux-ci à la hache pour en faire du bois de chauffage, non sans avoir tombé la veste.

C'était amusant de casser les souches de pin rouge d'un seul coup, mais il était encore plus satisfaisant d'en faire autant avec les bûches de jeunes pins, après en avoir étudié attentivement les veines.

Mais ce dont je me souviens le mieux reste le rituel qui présidait à l'allumage du feu. J'essaie d'imaginer de quoi je devais avoir l'air, accroupi devant une chaudière. Quelqu'un aurait-il pu deviner qu'il s'agissait pour moi des prémices d'une cérémonie d'adoration du feu ?

Après avoir allumé les lampes des neuf pièces, je plaçais une brassée de bois devant les neuf poêles. Puis je me rendais en pèlerinage sur chacun de mes lieux sacrés, muni de papier journal et de deux grandes bouteilles.

L'une contenait de l'alcool, l'autre du kérosène. Je prenais l'alcool dans la grande jarre de la cuisine, toujours pleine à ras bords. Par chance, mes patrons étaient généreux dans ce domaine et ne trouvaient rien à redire à ce que leur réserve d'alcool serve à me donner un peu de cœur au ventre.

J'achetais le kérosène pour l'allumage avec une partie de l'argent de poche dont ils me gratifiaient de temps à autre.

Quand j'en avais terminé avec ma tournée d'allumage, mes deux bouteilles étaient vides, de même que les poches de ma blouse, que j'avais bourrées de cacahuètes, d'algues, de poissons séchés et autres menues choses à grignoter. Agréablement soûl, j'allais alors m'allonger dans le coin qui m'était réservé. Plus tard, je retournais à la cuisine pour boire quelques autres verres, mais seulement quand j'étais suffisamment gai. Le plus souvent, je m'endormais carrément, ou j'observais assis les ombres tremblantes des feux mourants.

Si j'en ai jamais l'occasion, je voudrais bien étudier les principes du zoroastrisme. Je n'ai aucun doute sur le fait que ce que j'ai observé devant ces neuf foyers, lors de ces nuits d'hiver, était les deux dieux des adorateurs du feu, le dieu du Bien et celui du Mal, et ce bien qu'ils ne m'aient jamais parlé. J'ai aussi été le témoin de rites de purification, de sacrifice et de résurrection de quelque chose d'inconnu, devant ce feu mourant. Le sentiment d'abandon ressenti alors, et qui me poussait souvent à me dire : "Voilà où tout s'achève" et à jouir d'une paix et d'un contentement inexplicables, pourrait parfaitement bien avoir eu sa source dans cette prise de conscience des étranges pouvoirs du feu qui fut la mienne chacune des nuits de cet hiver-là.

Il me faut maintenant évoquer les moments particuliers, c'est-à-dire ces moments où notre taverne, plutôt calme et peu fréquentée, devenait une maison à *kisaeng*, avec neuf cabinets particuliers, au moins une demi-douzaine de femmes et plusieurs douzaines de clients chaque jour. Tout au long du printemps et de l'automne, notre taverne était presque abandonnée, n'accueillant qu'un ou deux hôtes de passage, un meunier voisin ou un enseignant fraîchement nommé et qui n'avait pas encore de logement définitif. Mais dès que se levait le vent d'automne, la taverne sortait de son assoupissement.

On commençait par soigner les parterres de fleurs, puis on rénovait la peinture des piliers d'angle, qui s'était écaillée. On remplaçait ensuite le papier de riz des portes coulissantes, afin que l'œil ne soit pas blessé par les trous et le jaunissement. Au même moment, on plaçait des rideaux, qui ajoutaient une note maladroite à la décoration de la taverne.

Après ces rénovations, on passait aux autres préparatifs. Le maître n'hésitait pas à aller jusqu'à D. pour chercher des *kisaeng*. De son côté, la maîtresse allait à A. acheter des amuse-gueule de qualité, dignes d'être servis dans un restaurant de luxe. On ne recevait alors aucun client de passage. Ceux qu'on accueillait, après la fin des préparatifs, étaient un groupe de fonctionnaires, désignés couramment comme "les inspecteurs".

Il peut sembler incroyable, à première vue, que tant de pièces, de femmes et de nourriture aient été nécessaires pour recevoir une petite poignée de fonctionnaires. Moi-même, je n'ai pas compris tout ce remue-ménage quand j'en ai été le témoin la première fois, juste après mon arrivée à la taverne. Dès l'entrée des inspecteurs, toutefois, j'ai commencé à comprendre. Le nœud du problème résidait dans le fait que ces quelques fonctionnaires étaient ceux qui allaient évaluer et peser le tabac, principale production locale. Il n'y avait pas plus de dix mille habitants dans la petite ville voisine à l'époque, mais les revenus du tabac atteignaient quelque chose comme sept millions de wons. Comme c'était il y a une bonne dizaine d'années, on comprendra sans peine que le tabac constituait, de loin, la plus importante source de revenus du district.

La détermination de la qualité du tabac reposait entièrement sur une évaluation visuelle effectuée par les inspecteurs. Ils devaient certes disposer de critères pour classer tel tabac dans telle catégorie, mais comment une évaluation purement visuelle pouvait-elle prétendre à l'exactitude ? Un jugement aussi subjectif pouvait aisément produire un écart d'une ou deux catégories. Et le pire était qu'aucune contre-expertise objective, aucune vérification n'était possible.

Mais un écart d'une ou deux catégories pouvait avoir d'incommensurables conséquences pour les paysans. Il suffisait à décider du succès ou de l'échec de la récolte annuelle. La pesée, elle aussi, jouait un rôle. Ce n'est pas qu'il y eût des restrictions particulières, mais comment l'emballage aurait-il pu être régulier sans l'aide de machines ? Et il était impossible que la qualité de l'inspecteur et le moment de l'inspection n'aient pas non plus eu une influence sur les résultats. A ce que je sais, les revenus d'une famille moyenne pouvaient varier de cent mille wons par année en fonction des conditions de l'évaluation, à une époque où les droits d'inscription dans une université privée se montaient à cinquante mille wons. Est-il surprenant que, dans ces conditions, les paysans aient essayé de modifier à leur profit les règles d'un jeu injuste ?

Je suppose que les choses ont changé maintenant, mais à l'époque les paysans disposaient de deux moyens pour corrompre les serviteurs de l'Etat. Le premier nécessitait la coopération de représentants de l'association des cultivateurs de tabac. Cela n'était pas particulièrement efficace, car les délégués étaient trop nombreux, ce qui allait à l'encontre du secret nécessaire à toute tentative de corruption. Par contraste, l'autre moyen, qui consistait à utiliser le patron de la taverne, était à la fois sûr et simple. C'est pour cette raison que son établissement était plein de femmes, de nourriture et de gaieté pendant ces périodes particulières.

Je me souviens de tout cela avec précision, aujourd'hui encore... Les plateaux chargés d'alcool, qui allaient et venaient des cuisines aux salons privés, les rires affectés des femmes, et la vue des fonctionnaires gouvernementaux, entourés de cultivateurs, la bouche débordant de flatteries. Parmi ces inspecteurs, l'un du nom de A. et un autre répondant à celui de B. faisaient preuve d'une arrogance toute particulière, se comportant comme des maîtres.

J'ai depuis eu l'occasion d'en apprendre un peu plus sur eux, et la modestie de leur rang administratif m'a estomaqué.

J'espère toutefois que mes lecteurs ne se méprennent pas. Bien que ces hommes aient été durs et méprisants envers moi et que j'aie nourri une réelle animosité à leur égard, ce n'est pas pour faire connaître leur malfaisance de l'époque que j'écris maintenant.

Mes souvenirs les plus vivaces ont tous un lien avec les femmes, qui étaient jolies et délicieuses, mais arboraient le plus souvent un air pitoyable et solitaire. Elles étaient originaires d'endroits fort divers.

Le patron de la taverne affirmait invariablement qu'il les avait trouvées à l'agence de placement de la ville de D. mais les villes et les provinces d'origine de ces filles étaient aussi multiples que leurs histoires. Il y avait une jeune femme venue d'une île du Sud et une autre d'un coin montagneux de la province du Kangwondo. Il y avait l'ex-"princesse des G.I." d'une quelconque ville de garnison et une autre que l'université avait dotée d'un certain bagage intellectuel. Au total, une douzaine de femmes avaient travaillé dans notre taverne pendant les deux mois que j'y suis resté.

On peut penser que, d'une certaine façon, la vie de ces femmes m'attirait, mais, dans le même temps, elle provoquait en moi chagrin et pitié. Quand elles sortaient, au début de la soirée, vêtues de la robe et du boléro traditionnels, qui les rendaient aussi gracieuses et aussi douces qu'hirondelles en plein vol, le visage maquillé avec goût et soin, ces filles de joie étaient vraiment belles. A les voir chanter des chansons populaires, battre la mesure avec des baguettes ou rire joyeusement sous l'effet d'une forte ébriété, j'ai souvent pensé qu'une telle vie pouvait être agréable.

Comme les filles qui jouissaient d'une faveur particulière auprès de l'inspecteur A. et de l'inspecteur B. sortaient des billets de cinq cents wons de leur veste ou de leurs chaussettes, grâce aux cultivateurs qui soudoyaient les inspecteurs par l'intermédiaire de leurs entraîneuses favorites, je pensais que certains métiers payaient plutôt bien.

Mais quand j'ai été témoin du harcèlement que certaines filles, entièrement nues, devaient subir, tandis que d'autres restaient prostrées, après avoir rendu le mélange d'alcool qu'elles avaient été forcées d'avaler, elles ne m'inspiraient plus alors que de la pitié. Et c'était aussi une épreuve bien déplaisante que de les voir tard dans la matinée, alors qu'elles venaient de se laver le visage. Leur peau prenait des teintes bleues ou roses, en raison des excès d'alcool et des produits de beauté bon marché.

Aucune de ces filles ne prenait de petit déjeuner, et un bol de nouilles salées et épicées ou de riz au piment rouge leur suffisait à midi. Et... elles ne dînaient pas non plus. Je fus atterré d'en connaître la raison. Elles ne mangeaient pas de façon à garder l'estomac vide, ce qui leur permettait d'ingurgiter plus d'alcools et d'amuse-gueule coûteux. C'est une leçon qu'elles avaient apprise dans les bordels inhumains des villes. Cette façon de faire était commune à toutes ces citadines. Mais, comme cette pratique torturait leur estomac, leurs intestins et leur foie, leur gorge laissait souvent sortir des sons bien peu agréables, un peu comme si elles allaient vomir.

Parmi elles, une jeune femme appelée miss Kim se trouvait être une des favorites de l'inspecteur A. Nous étions un jour en train d'avaler notre déjeuner tardif, quand l'inspecteur A. est venu la demander. La jeune femme venait de mélanger son riz et s'apprêtait à enfourner sa première cuillère, au moment où la requête est tombée sur elle. Elle a remis son riz dans le bol, et s'est rendue dans la pièce où l'attendait l'inspecteur.

Elle est revenue moins d'un quart d'heure après, quelque peu débraillée. Jetant bruyamment sa cuillère sur la table, elle a juré. Il y avait des larmes dans ses yeux, et quelques billets de cinq cents wons, fourrés là l'instant d'avant, sortaient de la poche de sa veste, comme pour la narguer. Sans savoir pourquoi, j'avais moi aussi envie de pleurer. Une boule s'est formée dans ma gorge et j'ai reposé ma cuillère sur la table.

Il y avait une femme qui ne pouvait guère dormir la nuit, parce que ses seins gonflaient depuis qu'elle avait été obligée de laisser son bébé pour venir à l'auberge. Une autre allait à A. chaque dimanche, voir son mari en prison. Puis il y avait la fille qui pleurait toutes les nuits, parce que les frères qu'elle avait confiés à sa belle-mère lui manquaient. Ce sont de bien tristes souvenirs pour moi. Ainsi cette femme, couverte de cicatrices et de brûlures de cigarettes infligées par un homme. Et comme elle ne pouvait oublier son tortionnaire, elle en parlait dès qu'elle avait trop bu et qu'elle pouvait mettre le grappin sur quelqu'un. Les pulsions malsaines de cette femme me désolent encore.

J'ai d'autres souvenirs. Je me souviens, par exemple, comment les paysans, qui jusque-là ne vivaient que du maïs et du millet, se sont soudain mis à dépenser avec fureur, après avoir gagné rapidement de l'argent grâce au tabac qu'ils avaient commencé à cultiver sur les pentes des collines avoisinantes. Comment les patrons vantards, qui n'étaient en fait que de vulgaires voleurs de bois, se pavanaient et plastronnaient en ville. Comment les hommes jouaient au mah-jong à longueur de journée, dans de petites pièces surchauffées. Certains tentaient si passionnément de réaliser le *chen-pa-wan* et le *pen-ch'i-t'ung* que la police ne pouvait prendre leurs empreintes digitales quand elle les arrêtait pour paris interdits, tant les extrémités de leurs doigts avaient été polies par les dominos. Et ces journalistes, qui rôdaient sans cesse, sans jamais récolter la moindre information. Et, étrange entre tous, ce groupe d'hommes et de femmes autobaptisés “membres de l'Association des journalistes”. C'étaient en général les chefs des bureaux locaux des grands journaux, dont les ventes en ville ne dépassaient jamais cent exemplaires…

Je n'en dirai pas plus, car je ne suis pas dans la situation de pouvoir condamner ou plaindre qui que ce soit, et aussi, après tout, parce que ce n'est pas pour eux que j'écris ceci.

Tout compte fait, ma vie a été plutôt agréable au cours des premières semaines. Ce qui était le plus satisfaisant pour moi, c'était de gagner ma vie avec mes seuls bras. J'avais déjà exercé des métiers auparavant, mais cette sensation-là était nouvelle, et je m'en délectais.

Pour que la vie soit plus agréable, je ne laissais rien de ce que je voyais me distraire ou par trop m'absorber.

Il est vrai que ce n'est pas sans émotion que je me remémore les inspecteurs, la culture du tabac, les prostituées et les paysans, mais il est aussi exact qu'il me faut faire un grand effort pour les retrouver tous dans mon lointain passé.

A l'époque que je décris, ils n'étaient qu'ombres tremblant sur un mur d'indifférence.

Les choses ne pouvaient pas durer éternellement ainsi, et, avant que deux mois ne se soient écoulés, j'entendis des voix intérieures me menacer de m'éveiller de cette trop longue hibernation.

L'une se moquait sournoisement :

“Tu as abandonné études et ville natale comme si tu étais à deux doigts de trouver la Voie, et tu as erré pendant plusieurs mois, avec un masque de concentration et de franchise sur le visage. Alors ? As-tu enfin découvert la cause de ce sentiment de vide et de désespoir qui t'avait fait perdre tout contrôle de toi-même ? Est-ce que tu as fait le moindre pas en direction de cette solution que tu voulais si désespérément trouver ? N'aurais-tu pas par hasard trouvé une excuse à ton indécision par quelque acte d'autopersécution ? N'es-tu pas tout simplement en train de fuir ou de chercher un sursis ?"

Une autre voix disait, sur un ton mélancolique :

"Ta décision de partir a peut-être été courageuse et justifiée. Tu as refusé les valeurs qu'acceptent presque tous les gens, et tu as souhaité trouver et vérifier par toi-même d'autres principes. C'est bien pour cela que tu as tout quitté. Mais n'es-tu pas en train de gaspiller ta jeunesse et ton talent au mauvais endroit ? Ne sais-tu pas qu'à cet instant même quantité de jeunes gens plus malins et plus rapides te passent devant ?"

Ces voix, que j'ai commencé à entendre un matin de bonne heure, alors qu'une soif provoquée par les excès d'alcool m'avait réveillé, ce qui m'arrivait souvent à ce moment-là, se sont faites de plus en plus fortes.

Depuis quelque temps, un facteur externe avait aussi joué un rôle, m'obligeant à m'interroger sur ma vie du moment, et à envisager de quitter cet endroit pour reprendre la route. Il s'était présenté à moi sous les traits de deux personnes des environs.

L'une des deux était une nouvelle, nommée miss Yun. Elle était lente, un peu dans les nuages, et avait l'habitude de gribouiller des paroles de chansons populaires dans un épais carnet.

Elle ne cessait de m'importuner avec son incroyable imagination.

— Vous êtes poète, n'est-ce pas monsieur Pang'u ? N'est-ce pas ? Je sais tout. Vous avez vécu en ville avant, n'est-ce pas ? Vous avez aussi été à l'université, hein ? J'ai raison, n'est-ce pas ? Je sais tout. Je n'en ai peut-être pas l'air, mais j'ai eu un amant qui vous ressemblait. Maintenant, nous sommes séparés, et c'est tant mieux pour nous deux. C'est parce qu'on s'aimait.

C'est ainsi qu'elle me parlait, et elle venait m'importuner sans arrêt avec ses paroles de chansons. Elle entrait même quelquefois dans ma chambre en mon absence et mettait mon sac sens dessus dessous. A d'autres moments, elle s'approchait pendant que j'allumais les chaudières. Si je ne disais rien, elle se mettait en colère, prétendant que je l'insultais, mais si j'avais le malheur de lui répondre, son imagination fantasque ne connaissait plus de bornes.

— Votre père dirige une grande compagnie, n'est-ce pas ? C'est ça, hein ? La fille que vous aimiez est morte de leucémie, j'en suis sûre...

Elle me rendait presque fou.

L'autre personne qui avait rendu mon séjour trop pénible était le chef adjoint de la police, au menton épais et aux yeux globuleux. Il avait commencé à s'intéresser à moi après m'avoir rencontré par hasard à la taverne. C'était fort ennuyeux pour moi. D'une façon ou d'une autre, il semblait s'être persuadé que j'étais un criminel en fuite, qui avait commis quelque chose de suffisamment grave pour lui fournir enfin l'occasion d'une promotion, même très tardive. A cause de cet homme, j'ai été convoqué à plusieurs reprises au commissariat, ce qui m'a contraint, à mon corps défendant, d'exhiber ma carte d'étudiant. Qui aurait pu deviner que c'était cela même qui allait faire éclore et décupler sa suspicion qui couvait jusqu'alors ? Il s'est mis immédiatement à me demander à combien de manifestations étudiantes j'avais participé, à quelles activités antigouvernementales j'avais été associé, à quel degré j'étais lié au parti XX, qui était mêlé à une histoire de procès au même moment... C'était insupportable.

J'ai alors décidé de quitter cette petite ville. Un matin où le givre scintillait sur le plaqueminier, j'ai brièvement fait mes adieux au patron de l'auberge, avant de quitter ma résidence provisoire, sans faire savoir à qui que ce soit d'autre que je m'en allais.

S'il reste une chose à ajouter à mes souvenirs de cet endroit, c'est sans doute mon étrange séparation d'avec miss Yun. J'avais parcouru environ cinq lis quand j'ai entendu dans mon dos une voix qui m'appelait. C'était miss Yun, qui avait manifestement appris mon départ. Elle donnait l'impression d'avoir couru toute la journée à ma poursuite. Arrivée près de moi, haletante, elle serait sans doute tombée dans mes bras, n'eût été l'expression de sérénité froide que j'affectais intentionnellement. Elle m'a dit, en me tendant un petit paquet enveloppé :

— C'est un mouchoir. Ça fait déjà un moment que je l'ai préparé. Je savais bien que vous ne tarderiez pas à partir.

Après un silence, elle avait ajouté, d'une voix malheureuse :

— Ce n'était pas un poète. C'était un escroc, qui me bafouait et me volait. Je voulais être aimée par un poète. Encore que… Vous vous souviendrez de moi longtemps ?

Elle avait parlé les yeux humides. Pour la première fois, ils ne m'ont pas paru inintelligents. Je me demande, maintenant, si elle n'était pas elle-même poète.

On était déjà au cœur de l'hiver. Après avoir franchi vingt lis d'une seule foulée, si j'ose dire, j'ai atteint l'intersection de la route de la mer et de celle qui retourne vers les terres. Et je… j'ai choisi celle qui menait à la mer, encore que je ne puisse dire pourquoi. Je ne suis pas né près de l'eau, et je n'ai après tout rien qui m'y rattache. Et j'avais déjà abandonné l'idée de travailler sur un bateau pour vivre. La direction que j'avais choisie était en fait à l'opposé de celle qui m'aurait ramené chez moi.

Dans mon journal, que je tiens depuis cette époque, il est écrit que j'ai répondu à l'appel de la mer. J'avais écrit (ce n'était pas par exagération ni pour embellir la réalité) que la mer m'avait appelé et séduit. J'en conclus que la voix que j'entendais alors était celle qui me pressait de faire un choix définitif.

Je devais avoir décidé qu'il me fallait choisir soit de repousser cette coupe amère qu'était ma vie, soit d'avaler ce qu'elle contenait encore. Le fait que je venais d'avoir vingt ans a certainement joué un rôle dans cette décision.

Pour être franc, quelle folie n'est-on pas prêt à commettre à cet âge ?

Quoi qu'il en soit, je me dirigeais vers la mer, qui se trouvait à une centaine de lis à vol d'oiseau. Mais comme il me fallait contourner les escarpements des monts T'aebaek, la distance à franchir frisait plutôt les deux cents lis. Ce n'était pas rien pour mes pieds plats, mais j'étais obstinément décidé à rejoindre la mer en marchant.

C'est le cœur lourd que j'avais commencé mon voyage. La route que je suivais n'aurait pu plaire à personne. J'éprouvais une sorte de prémonition tragique, comme si j'étais condamné à ne jamais revenir sur mes pas.

Le temps d'arriver à une auberge, je m'étais toutefois débarrassé de toute tendance à la déprime. J'étais au contraire transporté de joie, sous le double effet de l'alcool sur un estomac vide (je n'avais pas pris de petit déjeuner pour pouvoir partir plus vite) et de l'excitation enfantine qu'il y a à voyager sur un sentier inconnu. Cette interminable route bordée d'arbres qui contournait d'innombrables pentes, ces peupliers aux branches nues, ces rubans de ciel gris, ces fraîches bouffées d'essence et de poussière, chaque fois que passait un véhicule, tout cela me remplissait d'aise, et je m'étais mis à marmonner les vers dans lesquels Virgile loue les vertus du voyage. Si j'avais pu choisir ma destinée, cela aurait été une vie à cheval…

Ce jour-là, j'ai vraiment été un voyageur heureux. A peine le vent d'hiver m'avait-il aidé à émerger des vapeurs d'alcool que je m'arrêtais à nouveau dans un bistrot à roulettes au bord de la route, pour prendre quelques verres. Et quand je trouvais un paysage particulièrement plaisant à regarder, je m'asseyais pour attendre que mon corps retrouve sa température normale.

Chaque passant, à qui le temps froid faisait accélérer le pas, était susceptible de devenir un compagnon de route. Pour répondre à l'attente que manifestaient leur attitude et l'expression de leur visage, j'ai tour à tour joué de la compassion, de l'humour et de la surprise.

Rattrapé par un homme qui appartenait à la branche locale d'un parti minoritaire qui n'avait jamais pris le pouvoir, je me suis transformé en dirigeant étudiant. J'ai touché son cœur avec l'évocation d'histoires entendues à gauche et à droite, le comblant avec la dénonciation véhémente de l'irresponsable politique agricole du gouvernement, tout droit sortie d'un quelconque article militant sur le sujet. Quand il m'a dit son nom, Park Yukmun*, un nom difficile à oublier, avant de m'offrir un bref résumé de ses ambitions politiques et de me demander comment je m'appelais, je lui ai fourni le nom d'un dirigeant étudiant réputé et que je connaissais. Ce qui ne m'a pas empêché d'être bien embarrassé quand il m'a invité à passer la nuit chez lui.

Avec un vagabond, aussi soûl lui-même que je pouvais l'être, je suis devenu un terrible voyou de Myongdong. Je l'ai subjugué avec l'énumération

* Les deux caractères du prénom signifient ici "Six talents littéraires". *(N.d.T.)*

de quelques grands noms du milieu, gagnant son estime grâce au récit de bagarres de rues entre gangs, bagarres dont j'avais été soit l'instigateur, soit le témoin. Un roman policier lu un peu auparavant (et déjà oublié par les citadins amateurs de ce genre de littérature) m'avait été d'une grande aide en la matière. J'ai quand même eu de la chance que ce dur de campagne ne me propose pas d'échanger quelques coups de poing.

Parmi mes divers compagnons de route, il y a eu le doyen d'une église de province. Ce fermier austère ne m'a pas vraiment laissé placer un mot, tant il était occupé à dénoncer le vice de la boisson.

Je n'ai guère pu faire plus de cinq lis en compagnie de la jeune ouvrière qui rentrait chez elle à l'occasion du Nouvel An lunaire. Elle m'a dit qu'elle était employée dans une firme de Séoul, mais, du premier coup d'œil, j'ai reconnu ses traits de fatigue et deviné ce que devait être son niveau de vie réel. Je savais aussi que si cette fille n'arrivait pas à profiter de son voyage pour trouver à se marier, notre prochaine rencontre pourrait fort bien avoir lieu dans un bordel ou dans une taverne quelconque.

J'ai aussi sympathisé avec le professeur d'un collège de la région, qui allait faire sa nuit de garde, avec lequel j'ai bu une bouteille de *soju* ; et avec un marchand de bétail, qui se pavanait avec un briquet que son fils lui avait rapporté du Viêtnam. Bref, c'était un voyage très agréable. J'en arrivais même à oublier pourquoi je marchais sur cette route.

Je n'avais aucune raison de me sentir déprimé parce que la nuit tombait, en arrivant à un village situé à un coude de la montagne, avec une petite église au sommet d'une colline.

Je ne m'attendais pas à trouver un vieux château couvert de mousse, avec un seigneur féodal guettant un troubadour, ou une princesse qui me guiderait par la main avec une chaleureuse gentillesse dans ce village et à travers la montagne. Je m'étais accoutumé à une nourriture grossière et à l'inconfort au cours de mon errance des derniers mois, et mon esprit lui-même s'était habitué à la solitude et au crépuscule.

Comme c'était prévisible, il n'y avait pas d'auberge. Mais pourquoi cela m'aurait-il gêné ? Quand on fait un tour à la nuit dans ce genre de village, on finit toujours par tomber sur une maison d'où proviennent de la lumière et des voix assourdies, par trouver un groupe de jeunes villageois faisant des cordes ou jouant aux cartes *hwat'u.* Il n'est guère difficile d'obtenir la permission de s'allonger dans un coin. Il est d'ailleurs toujours possible de s'adresser au chef du village, qui ne reçoit que trois ou quatre *mals* de riz par an pour sa peine.

Si, par hasard, aucune de ces solutions n'est envisageable, il reste la maison commune ou la baraque de l'association 4H. Elles ne sont pas chauffées, en général, mais on peut toujours y passer une nuit à peu près normale.

De plus, à l'époque dont je parle, il y avait encore la solution de dormir au poste des réservistes, à condition d'avoir une carte d'identité à montrer. Ces postes se trouvaient à intervalles réguliers dans chaque district, et ils étaient chauffés et fort confortables. Dans ces conditions, je vois mal pourquoi je serais allé mendier chez un paysan pour qu'il m'héberge, à cette heure tardive, et même payer pour.

Je ne m'inquiétais donc pas. J'avais dîné dans un restaurant à roulettes au bord de la route, et j'ai commencé à inspecter les environs, sans m'affoler. Il n'a guère fallu de temps pour que le garde d'un des postes m'interpelle, ce qui résolvait du même coup mon problème de logement.

Ce policier anti-émeute, qui n'était guère âgé, et les deux jeunes du village qui étaient de corvée de garde cette nuit-là, se sont avérés amicaux et accueillants, dès que la question de la carte d'identité a été réglée. Ils m'ont invité à boire avec eux, me réservant la partie la mieux chauffée du sol. Si j'oublie les poux que je sentais grouiller dans mes sous-vêtements, je profitais là du meilleur accueil possible.

Le lendemain, et tout en emportant quelques maux de tête et brûlures d'estomac, en souvenir des libations de la veille, j'étais toujours aussi optimiste. J'avais repris ma route, non sans m'être fait offrir un petit déjeuner et un verre contre la gueule de bois. Je n'avais marché la veille qu'une soixantaine de lis, mais j'avais quelques ampoules aux pieds. Je n'en souffrais pas particulièrement, et pourtant, à titre de précaution, j'avais frotté du savon sur mes semelles, comme on m'en avait donné quelque part le conseil. J'ai marché d'un pas rapide, jetant un coup d'œil indifférent et méprisant aux bus qui me doublaient. Si je n'avais pas rencontré cette espèce de tuberculeux au visage livide, ma deuxième rencontre de la journée, mon voyage vers la mer aurait été agréable d'un bout à l'autre.

Pour une raison ou pour une autre, il m'a déplu à la seconde même où j'ai vu sa longue mine pâle et ses cheveux mal coiffés. Et je ne l'ai pas vraiment cru quand il s'est présenté en disant qu'il était en convalescence dans sa ville natale depuis plusieurs années. En y repensant, j'aurais dû remarquer les callosités de ses doigts, mais les vapeurs de l'alcool n'étaient pas encore entièrement dissipées. C'est d'ailleurs pour cette raison aussi que j'ai laissé cet homme me mettre dans une situation aussi ridicule ce jour-là.

Après quelques regards "d'évaluation", j'ai commencé mes clowneries habituelles. Persuadé que je sentais quelque chose d'intellectuel ou d'abstrait en lui, je me suis transformé en chercheur de la Voie. J'ai commencé mon discours. J'ai parlé de Dieu et de l'Homme, de la morale et des valeurs, du monde et de l'existence. Je pouvais lire sur le visage de mon nouveau compagnon de route une expression d'admiration, semblable à celle qui était apparue sur celui des autres. Je n'en avais parlé qu'avec plus d'enthousiasme.

Mais, progressivement, l'indifférence et le désintérêt étaient apparus sur son visage. Et quand nous arrivâmes à l'endroit où nous devions nous séparer, son expression était toute de mépris.

A ce changement, et pris par un inexplicable sentiment de désespoir, je me suis remis à parler, plus fébrilement encore. Comme saisi par une urgence, j'ai évoqué des ouvrages que j'étais alors totalement incapable de comprendre, les commentant avec pédanterie, et répétant ce qui en avait été dit.

J'ai dû le quitter sans avoir réussi à ramener sur son visage l'expression d'approbation et d'admiration qui s'y trouvait au début de notre conversation. Cinquante mètres nous séparaient déjà lorsque j'ai eu la preuve de l'étendue de mon échec : brusquement, j'ai entendu un cri derrière la colline où il venait de disparaître. Fou d'angoisse, j'ai bondi dans sa direction. Mais ce n'était pas un cri. C'était l'explosion d'un rire trop longtemps contenu, mêlée à une toux que le rire avait précipitée. L'homme était appuyé contre la roche voisine, agité par le rire et la toux. Il y avait des traces de sang aux coins de ses lèvres et sur ses mains.

— Excusez-moi (hum, hum), je ne peux pas m'empêcher (hum, hum) de rire… (hum, hum)… Je vous remercie (hum, hum) pour votre leçon (hum) de philosophie (hum, hum), bien que (hum) vous n'ayez rien (hum) compris à Heidegger (hum) et que (hum) vous n'ayez (hum) jamais lu (hum)… les philosophes du langage (hum)…

Voilà ce qu'il avait péniblement réussi à me dire après m'avoir reconnu.

Franchement, j'ai eu à cet instant l'envie de le tuer. Comment dire exactement à quel point j'ai pu me sentir minable et misérable ? Un clown équilibriste tombé de son fil n'aurait pas pu se sentir plus malheureux et plus ridicule. Dix ans après, je rougis encore en pensant à cet homme. Heidegger et l'école d'Oxford sont devenus pour moi des objets de détestation depuis ce jour. Je n'ai d'ailleurs toujours pas pu les lire.

Le reste de mon voyage s'est passé dans la plus profonde mélancolie. Le vent semblait soudain plus glacé, plus perçant, et le ciel plus lourd et plus sombre. Mon errance sans énergie m'apparaissait dorénavant comme dépourvue de sens, et la mer est devenue soudain réelle et concrète, ce qu'elle n'était pas jusque-là. Ce que cet homme détestable avait perçu en moi était ma véritable personnalité.

A l'université, j'avais admiré les expériences et les enthousiasmes de mes aînés politisés, sans pouvoir toutefois embrasser complètement leurs idées. Ce n'était pas leur volonté de fer et leur forte conviction qui m'attiraient, mais le récit de leurs glorieux combats. Aussi, quand j'avais vu leur foi et leur volonté brisées par une force bien supérieure, je les avais abandonnés sans regret, n'emportant avec moi que quelques concepts abstraits et un sens exacerbé de l'injustice.

Il en avait été de même avec les milieux littéraires et artistiques que j'avais fréquentés ensuite. Etait-ce vraiment l'essence de la beauté que je poursuivais ? Je ne le pense pas. Je poursuivais une image fausse. Trompé par une apparition lors d'une quelconque *Nuit de la Poésie* et par la publication de quelques textes sans valeur dans des revues confidentielles, je m'étais mis en tête de poursuivre une célébrité parfaitement inaccessible.

J'ai lu au moins un millier d'ouvrages à cette époque, mais puis-je appeler cela une recherche de la vérité ? Puis-je affirmer que je brûlais de la flamme de l'Idée ? Non, non et non. C'est une vanité d'adolescent qui m'animait, le souci de briller dans un bistrot d'étudiants et de discourir au-dessus d'une tasse de café en paradant devant une compagne prétentieuse.

Et pourtant, j'ai osé dire : "L'idéologie m'a trahi, la beauté m'a rejeté et les livres ne m'ont rien apporté." En bref, j'ai nié les valeurs avant même d'être en mesure de les juger, m'imposant ainsi un sens du désespoir et de l'absurde aussi exagéré que dénué de fondement. J'ai tout détruit en sombrant dans l'intoxication sensuelle et l'autogratification.

Pris dans les mailles de pensées douloureuses, j'en oubliais de boire et de manger, et cheminais avec peine. Les changements dans le décor ne me fournissaient plus d'agréables sensations, et je ne prêtais plus attention aux passants. C'est sans doute à cause de ces réflexions pénibles que j'ai oublié ma première rencontre avec cet homme, alors qu'elle n'aurait pas dû me laisser indifférent.

Plus tard dans l'après-midi, alors que je longeais un cours d'eau, j'ai remarqué un filet de fumée à une certaine distance. Un homme semblait frotter quelque chose sur un feu. Je m'approchai assez pour voir un vieillard aiguiser un couteau sur une pierre. Près de lui, il y avait une boîte en bois avec des bretelles, et dans cette boîte dont le couvercle était levé, j'ai pu voir des couteaux de différentes tailles glissés dans des fourreaux sur les côtés. Plusieurs pierres et un aiguisoir avaient été placés sur le feu.

Je me suis approché à quelques pas du vieillard qui a levé la tête pour examiner la lame du couteau qu'il aiguisait. J'ai remarqué qu'il était plus jeune que je ne l'avais d'abord pensé. La lame a brillé d'un pâle éclat. Le couteau ressemblait à un couteau de cuisine, mais plus étroit au milieu, avec une extrémité plus pointue. Après l'avoir examiné très attentivement, il a lancé un regard effrayant dans ma direction. Ça n'a duré qu'un instant et il a vite détourné les yeux, mais j'ai senti quelque chose de glacé me frapper en pleine poitrine. Un couteau tranchant et menaçant à la main et un visage profondément ridé m'avaient donné l'impression étrange d'une haine meurtrière et d'une vengeance inassouvie.

Frappé par cette pensée horrible, j'en ai cherché la confirmation par un coup d'œil lancé en direction du vieil homme qui avait repris son occupation.

Ce n'était plus qu'un aiguiseur d'aspect bien ordinaire. Il avait sorti un autre couteau, du genre de ceux qu'on trouve dans n'importe quelle cuisine, un peu rouillé. Légèrement honteux de m'être laissé aller à des pensées aussi irrationnelles, je m'en allais.

Ce n'est qu'après dix lis que j'ai compris ce qui m'avait tant frappé chez ce vieil homme. Les foyers de ces montagnes disposaient très certainement d'une pierre à aiguiser, et personne ne devait avoir besoin d'un homme comme lui. Il était encore plus étrange qu'il ait allumé un feu près de l'eau gelée et qu'il se soit donné la peine de casser la glace pour trouver l'eau dont il avait besoin. Mais je n'ai pas eu le temps d'approfondir ces pensées, car l'obscurité venait, et le district de Y. m'appelait dans les brumes du soir. Je me sentais très fatigué.

Quel crépuscule solitaire ! C'était aussi triste que la première nuit passée avec ma femme, que j'avais épousée sans véritable bonheur et qu'il m'avait fallu consoler jusqu'au matin dans la chambre d'une auberge bon marché, afin de l'empêcher de pleurer. Le district de Y., où m'avaient conduit mon corps et mon cœur lourds, me sembla incroyablement désolé. C'était pourtant le district le plus important de tout le canton, mais pas une lumière ne filtrait dans le crépuscule. Ce n'était pas encore tout à fait la nuit, mais il n'y avait déjà plus un chat dans les rues. On n'entendait que le bruit du vent claquant sur les poteaux électriques, au point de couvrir l'aboiement des chiens.

Complètement épuisé, j'ai cherché une auberge, alors que je n'avais pourtant pas d'argent à gaspiller. Mais j'ai eu beau faire le tour de la ville, assez petite, je n'ai rien trouvé. Alors j'ai décidé de manger d'abord, et je me me suis dirigé vers un restaurant chinois miteux que j'avais remarqué. J'avais en tête de manger un morceau rapidement et de m'enquérir d'une chambre.

A l'instant même où j'allais lever le rideau de ce restaurant, j'ai entendu quelqu'un, derrière moi, m'appeler par mon nom.

— Yonghun. Tu es Yonghun, n'est-ce pas ?

Surpris, je me suis retourné. J'ai aperçu une jeune femme dans la pénombre de ce soir d'hiver, mais je ne l'ai pas reconnue. Comme si elle doutait de ses sens, elle s'est approchée pour m'examiner. Il était certes plus qu'improbable que qui que ce soit de cette région puisse me connaître, mais je l'ai machinalement imitée.

— C'est toi. Heureusement que je t'ai appelé. Pourtant je n'y croyais pas.

C'est elle qui m'avait reconnu la première.

A ce moment seulement, j'ai su qui elle était, et j'ai dit :

— Comment se fait-il que vous soyez là, Grande Sœur ?

— Est-ce qu'il y a un endroit où un enseignant ne va pas ? Mais parlons de toi. Qu'est-ce que tu fais là ?

— Oh, je… eh bien…

— Allons chez moi, d'abord. Oh, il neige, non ?

C'était vrai. La neige avait commencé à tomber. Ce n'était donc pas seulement parce que j'étais cafardeux que le ciel m'avait semblé si lourd et si bas tout l'après-midi.

Tout en me dirigeant vers chez elle, je repensais aux souvenirs que j'avais de cette femme que j'appelais Grande Sœur. Je ne sais pas exactement quel était notre lien de parenté, mais nous étions quelque chose comme cousins et elle avait quelques années de plus que moi.

Mon premier souvenir d'elle, le plus fort aussi, remonte à un automne, il y a fort longtemps. J'habitais encore ma ville natale, parce que j'allais toujours à l'école primaire. Elle était au collège à B. Je crois que c'était un samedi après-midi. J'étais resté jouer à l'école après la classe, ne rentrant qu'assez tard à la maison. Je l'avais rencontrée par hasard, qui retournait chez elle pour le week-end, je suppose. Quoi qu'il en soit, nous avions fait le chemin ensemble.

Je ne sais si elle avait une affection particulière pour moi, qui n'étais qu'un parent assez lointain, mais elle m'avait pris par la main, et avait tressé pour moi une petite couronne de cosmos et de fleurs sauvages.

Mais quand elle m'avait tendu cette couronne, j'avais été envahi par un sentiment proche de la peur. J'avais fait un bond en arrière, et, lui tournant le dos, je m'étais enfui en courant le plus vite possible. Une fois devenu adulte, enfin j'ai compris que ce qui m'avait tant effrayé n'était autre que son exceptionnelle beauté.

Je me souviens aussi d'être allé souvent chez elle, plus tard, afin de lui emprunter des livres, quand elle allait à l'université et que j'avais pris une année sabbatique, après en avoir fini avec le collège. Elle avait beaucoup d'ouvrages intéressants.

C'est en première ou deuxième année du lycée que j'ai entendu parler de son histoire d'amour malheureuse. J'avais alors dix-huit ans et je me débattais dans d'inextricables problèmes à Kangjin. Mes souvenirs s'arrêtent là.

D'après la rumeur qui était venue jusqu'à moi, elle avait ruiné sa vie en s'éprenant d'un homme marié et père de famille. Les parents qui colportaient ces ragots semblaient d'autant plus choqués qu'elle avait une éducation universitaire et qu'elle était très belle.

— C'est incroyable, vraiment. Comment se fait-il que vous vous retrouviez ici, Grande Sœur ?

Une fois arrivé à la porte de la maison de style coréen où elle paraissait avoir loué une chambre, je l'avais à nouveau interrogée. Cette rencontre m'avait réellement surpris.

— Je suis devenue enseignante parce que je suis diplômée de la faculté de pédagogie et que je dois aller partout où le ministère me dit d'aller. Alors, qu'y a-t-il de si particulier à ce que je me trouve ici ?

Elle parlait avec désinvolture, mais j'ai cru détecter dans sa voix une nuance sombre.

— Repose-toi. Je vais préparer le dîner. Ma camarade de chambre n'est pas encore rentrée de vacances.

La pièce était plus spacieuse et plus agréable qu'on ne pouvait s'y attendre, vue de l'extérieur. De façon étrange, elle était divisée en deux parties bien nettes, sans qu'il existe pourtant de séparation visible. D'un côté se trouvaient un meuble de rangement métallique et un bureau bas, de l'autre des tiroirs en bois et un bureau de type occidental. Selon le côté, les livres aussi étaient différents. Sur la table basse, je pouvais voir des piles de livres et de copies, rangées sur trois rayons. Sur le bureau élevé ne se trouvaient que quelques ouvrages éparpillés. Il y avait un stylo à bille rouge à l'intérieur d'un de ces livres, comme s'il avait été lu récemment.

— Quel est votre côté ?

J'aurais pu deviner, mais j'ai quand même demandé.

— Celui avec les tiroirs, mais l'autre côté doit être plus chaud, j'imagine.

Sa voix forte me parvenait de la cuisine, où elle semblait préparer du riz sur un feu de bois. Je pouvais entendre craquer les aiguilles de pin à travers le mur.

J'ai décidé de m'asseoir près d'elle, contre les tiroirs. Le sol était assez chaud. Mon corps glacé se réchauffant, une fatigue insurmontable m'envahissait, et j'aurais voulu me laisser sombrer dans le sommeil.

— Réveille-toi et mange. Tu dormiras après.

La pièce était éclairée et le plateau du repas était là. J'avais dû m'assoupir sans le savoir.

— Tu veux peut-être faire un brin de toilette. Tu as besoin de te laver la figure, et tu sens très mauvais.

Après avoir remporté le plateau, elle a ajouté :

— Il n'y a pas de salle de bains ici, alors tu devras te laver dans la cuisine. J'ai fait chauffer un peu d'eau pour toi. Allez, viens, tu ne peux pas demander plus dans un endroit pareil.

Je ne voulais rien d'autre que m'allonger, la fatigue de la digestion s'ajoutant à ma lassitude générale, mais je me suis levé et dirigé vers la cuisine, par reconnaissance. J'en avais fini avec ma toilette rapide quand elle m'a fait passer des sous-vêtements d'homme.

Ils étaient propres, mais pas neufs. Je les ai pris, mais sans avoir vraiment envie de les mettre. Comme si elle avait deviné ce que je pensais, elle m'a dit, de l'autre côté de la porte :

— Il ne vient plus. Je n'en ai plus besoin.

Sa malheureuse histoire d'amour perçait encore dans le ton de sa voix. Pour ne pas réveiller d'autres souvenirs douloureux, j'ai rapidement enfilé les sous-vêtements.

— J'ai laissé tes vêtements pendus dehors. J'ai l'impression qu'il y a des poux dedans. Franchement, qu'est-ce que tu fais dans un endroit pareil ? Qu'est-ce qui te pousse à traîner dans ces montagnes avec l'allure d'un clochard ?

— J'essaie de faire un voyage gratuit, pour utiliser mes vacances d'hiver.

— Ce n'est pas vrai. J'ai entendu dire que tout le monde était très inquiet pour toi.

On aurait dit qu'elle connaissait les rumeurs qui couraient sur mon compte comme je connaissais celles qui couraient sur le sien.

— Alors qu'est-ce qui se passe ? On dit aussi que tu bois beaucoup. C'est vrai ?

— Vous m'invitez ?

— Je te donnerai à boire si tu veux. Mais, dis-moi, tu ne vas pas rentrer chez toi ?

Tout en parlant, elle avait ouvert un tiroir pour en sortir une bouteille d'alcool américain à moitié pleine. Voyant que j'étais intrigué par la présence de cet alcool étranger à demi consommé dans l'un de ses tiroirs, elle m'a dit, avec un sourire triste :

— Il me reste ça aussi. Pourtant, il ne reviendra pas finir la bouteille.

— Vous vous êtes séparés ?

— Oui, certainement pour de bon.

Puisant du courage dans le fait de ne pas avoir bu, je me suis aventuré à lui demander :

— Il était bon pour vous ?

— Très.

— Vous ne pouviez pas vous marier ?

— C'est curieux que tu ne me condamnes pas comme les autres. Mais, oui, nous aurions pu.

— Et pourquoi ne l'avez-vous pas fait ?

— Sa femme est morte…

— Alors, rien ne s'opposait…

— Elle s'est suicidée.

— …

— Il a émigré avec ses deux filles. Ils sont partis l'automne dernier. Tu me verses un verre ?

La voyant vider son verre avec calme, j'ai risqué une autre question, pris de tristesse et de compassion.

— Alors, qu'est-ce que vous allez faire maintenant ?

— Certainement pas me lancer dans un vagabondage absurde comme toi.

— Alors pourquoi êtes-vous venue ici ?

— J'étais volontaire. Je voulais pouvoir lire dans un coin calme. Mais je vais revenir au printemps prochain. Je veux faire une maîtrise, et j'ai choisi mon domaine de recherche.

— ...

— Je vais étudier l'éthique.

— Est-ce que ça ira pour vous ?

— Tu veux dire que les livres ne m'apporteront jamais rien, c'est ça ?

Elle m'a regardé une minute avec des yeux pensifs.

— Tu crois que je cherche une échappatoire ?

— Non, ce n'est pas ça, mais...

— Ne t'en fais pas. Le désespoir est la passion la plus forte et la plus pure. Les gens deviennent malheureux parce qu'ils n'arrivent pas à accéder à un désespoir authentique. C'est ton cas.

— ...

— Retourne étudier. Retourne avec la force de tes vingt ans.

— J'en ai l'intention.

— Retourne lire et étudier davantage. Alors seulement tu pourras te désespérer sans avoir à passer par la douleur que j'ai eu à subir.

Pendant notre conversation lente et souvent interrompue, la bouteille s'était vidée, et sa raison s'était progressivement effritée. Comme elle me l'avait dit cette nuit-là, elle devait devenir professeur d'université, mais, à cet instant précis, elle souffrait encore du départ de cet homme avec lequel elle n'avait pas réussi à établir une relation stable et heureuse.

Quand je suis revenu de la boutique voisine avec une autre bouteille d'alcool, il y avait des traces de larmes essuyées autour de ses yeux. A cette vue, un étrange besoin de persécution s'est emparé de moi, comme soudain éveillé de son sommeil au fond de ma conscience.

— Vous avez pleuré, non ? ai-je dit en débouchant brutalement la bouteille.

— C'est le privilège des femmes.

A l'entendre répondre d'une voix si faible, j'ai soudain pensé qu'elle était très vieille. Ne pouvant supporter cette idée, j'ai insisté :

— Vous devriez vous marier, Grande Sœur.

— Tu crois ?

— Et élever cinq enfants.

— Tu crois vraiment ?

— Et vieillir vite.

— Oui ?

— Et mourir quand il en sera temps.

— Ce serait mieux ?

Ensuite, ça a été le chaos. Je crois me rappeler que j'ai même pleuré avec elle entre chaque verre, et nous avons peut-être chanté des choses sentimentales ensemble. Enfin nous sommes tombés sur le sol nu dans un sommeil comateux. Mais pourquoi faut-il que je ressasse sans fin ces souvenirs cafardeux ?

Je me suis réveillé vers midi le lendemain.

— Quelle neige ! Sors et viens voir. Il en est déjà tombé trente centimètres et ça continue.

Elle avait rangé la pièce pendant que je dormais, et il semblait qu'elle avait complètement repris possession d'elle-même.

— Tu ne peux pas partir aujourd'hui. Cette région est entourée de sommets, et les bus ne partiront pas même si la neige se calme un peu. Et ce n'est pas une simple chute de neige. C'est une vraie tempête…

En l'écoutant, j'enfournais de la soupe dans ma bouche que la beuverie de la veille avait desséchée. Par les portes coulissantes, je pouvais voir la neige tomber en abondance. L'intérieur de la pièce m'est apparu soudain très douillet. Pourtant, je n'allais pas retarder mon départ.

— Je ne prendrai pas le bus, donc… je vais partir quand même.

— Tu es un type bizarre. Qu'est-ce qui te pousse à partir malgré le danger ? Tu as un rendez-vous au bord de la mer ou quoi ?

Ce n'était pas que je n'avais pas conscience de l'affection et du souci authentiques que cachaient ses railleries, mais je suis quand même parti.

— Il y a trente lis jusqu'au prochain sommet, et trente autres pour le suivant. Ça signifie que tu vas passer la nuit dans l'une de ces montagnes si tu pars maintenant. Tu es le genre de type à risquer sa vie pour une idée fixe, tu sais.

Elle a fini par baisser les bras, se rassurant en m'accompagnant jusqu'aux faubourgs de la ville. Nous nous sommes dit au revoir.

Tout était couvert de neige. Les pentes raides et les pics escarpés qui faisaient la renommée de cette région, les plaines nues, les villages au bord de la nationale, les peupliers blancs et les poteaux électriques goudronnés… tout semblait comme rabougri et oublié sous d'épaisses couches de neige. Et il en tombait encore avec régularité. Mes pieds enflés me faisaient souffrir, mais je me dépêchais. Mon but était de franchir le mont Ch'angsu-dae ce jour-là.

Les villages ont disparu rapidement dans la vallée et je me suis retrouvé seul dans ce monde blanc.

Et la neige continuait à tomber. Dans mon journal, j'ai écrit cette nuit-là :

Est-ce la manifestation de la bêtise ? Ou la folie de la jeunesse ? J'ai parcouru la montagne, les champs et les collines en m'enfonçant jusqu'aux genoux dans la neige. Je me trouve maintenant dans un village au pied du mont Ch'angsu-dae, appelé Changp'ung. J'ai avancé tout l'après-midi, mais je n'ai franchi que trente lis depuis Y. J'ai mangé chez le chef du village, un homme enjoué, et je suis maintenant allongé dans la maison commune. Mes ampoules aux pieds me font souffrir et tout mon corps me fait mal. Mais... tout cela n'a aucun sens. Rien ne me prouve que toute cette souffrance physique m'apportera un quelconque bien-être spirituel, ni que la mer vers laquelle je cours comme un fou sera le lieu d'une révélation. Je ne fais que courir selon mon instinct. Je me demande jusqu'où s'enfonceront les racines de cet hiver...

Le lendemain, il neigeait encore. A la radio de l'auberge du village, où je m'étais fait préparer un petit déjeuner, j'ai entendu que c'étaient les chutes de neige les plus importantes des trente dernières années.

Bien que le prix en ait été parfaitement outrancier, je me suis senti beaucoup mieux après un bol de riz. C'est parce que je n'avais pas bu la veille que je pouvais faire un repas normal. Avant de quitter le village, je me suis procuré des cordes de paille afin de fabriquer des bretelles pour mon sac et de le porter sur l'épaule. Puis j'ai mis des bandes de caoutchouc autour de mes pieds, comme j'avais entendu dire que les marcheurs le faisaient.

Il y avait alors deux pieds de neige et il en tombait toujours. Il était impossible de voyager autrement qu'à pied. Les villageois semblaient penser que mon départ était inconsidérément imprudent. La patronne de l'auberge m'a dit sans détour de veiller à ne pas mourir de froid, mais j'étais bien décidé à poursuivre ma route.

La neige a heureusement cessé peu après mon départ du village. M'enfonçant jusque bien au-dessus des genoux, je continuais. Comme il était impossible de voir la route, je me guidais en fonction des peupliers. En un rien de temps, mes chaussures, mon pantalon et même les vêtements du haut ont été trempés. De la vapeur courait sur mon corps tandis que je marchais.

J'avais franchi environ cinq lis, quand le sommet du mont Ch'angsu-dae s'est dressé devant moi de toute sa force indomptable, me barrant le chemin tel un géant terrifiant.

Les choses qui laissent les plus fortes impressions demeurent plus facilement gravées dans la mémoire. Et le Ch'angsu-dae est resté très présent dans la mienne. Toutefois, la mémoire peut exagérer ou déformer les souvenirs. Aussi, plutôt que de m'en remettre à elle, je préfère avoir recours à mon journal de l'époque, malgré son incohérence. A le relire, je vois bien que les phrases sont bâclées et les conclusions hâtives. Et l'ensemble est gâché par une sentimentalité excessive. Mais comme il me semble qu'il reste malgré tout plus proche de la vérité que tout ce que ma mémoire pourrait m'en dire, je recopie ce que j'avais écrit alors.

Col Ch'angsu-dae, sept cents mètres au-dessus du niveau de la mer. Ah, aujourd'hui, j'ai contemplé l'essence même de la beauté. Je pense que je n'oublierai jamais les trois heures d'ascension que je viens de faire. Nulle part ailleurs au monde, et sur aucune autre montagne, je ne pourrai retrouver la même sensation. S'il existe un idéal de beauté accessible à la perception humaine, je crois que je viens d'en être le témoin. Oh, les choses sont grandes parce qu'elles sont belles, elles sont élevées parce qu'elles sont belles, elles sont sacrées parce qu'elles sont belles…

La grandeur de ce pic couvert de neige, le mystère des ombres pâles de la vallée, je ne saurais les oublier. Ni la déchirante beauté des pins rouges dont les branches ont cédé sous le poids de la neige. Ni la beauté digne et altière du chêne étincelant sous la réverbération, ni le mélèze que les fleurs blanches de ses branches délicates faisaient ressembler à une jeune mariée sous son voile. Même le genévrier hautain et méfiant se parait de grâce et d'humilité.

Les racines de la marante et de l'actinidia ornant l'écorce du frêne timide, et les pins parasols, et les azalées, et les blanches prêles qui ne laissaient paraître que la tendre extrémité de leurs tiges… tous étaient d'une beauté désespérante…

En franchissant la crête couverte de buissons de trèfle, là depuis plusieurs décennies, la crainte m'a étreint. Les traits noirs sur les tiges sans feuilles des buissons de trèfle se détachaient avec une beauté indescriptible sur la blancheur étincelante de la neige. Personne n'aurait pu reproduire cette exceptionnelle beauté, uniquement composée de noir et de blanc, exquise sans être vulgaire, élevée sans être froide.

Le ciel était maintenant complètement dégagé et le soleil illuminait tout le paysage.

Le ciel d'hiver est plus évocateur parce qu'il est plus pâle que d'habitude, et le sommet des monts T'aebaek me semble plus beau et plus grandiose que n'importe quelle autre montagne au monde.

Les oiseaux et les vents eux-mêmes semblent éviter cet espace de beauté sacrée, et dans ce vide, où ne règnent que le battement de l'univers et l'harmonie absolue, je marche, osant à peine respirer. J'ai dû marcher la plupart du temps pieds nus à cause de mes ampoules, mais sans vraiment souffrir, écrasé que j'étais par l'invraisemblable beauté qui m'entourait.

En arrivant au pied de la montagne, sur l'autre versant, j'ai presque pleuré. Je me sentais comme en extase, une extase que personne n'aurait pu comprendre. J'avais regardé la beauté en face. Quoi qu'en disent les spécialistes d'esthétique, ce qui m'a été donné aujourd'hui n'est pas une perception de la beauté, mais bien la connaissance.

La beauté est le commencement et la fin de toute valeur. Un condensé de tous les concepts en même temps que le vide absolu. Il existe une vérité car il existe une beauté. Il existe une beauté car il existe une vérité.

Il y a bonté parce qu'il y a beauté, beauté parce qu'il y a bonté. Il y a sainteté parce qu'il y a beauté, beauté parce qu'il y a sainteté…

Mais la beauté n'est rien en soi. Elle donne forme aux valeurs et les englobe. Telle est la grandeur de la bonté…

Maintenant seulement je comprends la raison d'être de mon vagabondage.

Je n'avais pas même franchi le col que mon allégresse s'est transformée en désespoir.

Depuis quelque temps, j'avais le sentiment diffus que ma vie aurait un lien avec la création artistique – je pourrais même dire : la création de la beauté. Si nihilistes qu'aient été mes idées, la beauté était restée la valeur ultime à laquelle j'avais refusé de renoncer.

Et voilà qu'après cette effrayante rencontre avec ce qui m'avait semblé être l'essence même de la beauté, j'étais frappé par l'idée que j'avais sans doute oublié la dimension divine de la beauté : la part d'absolue perfection inaccessible à toute tentative humaine. Tout ce que l'homme, limité par l'illogisme et l'éphémère, pouvait espérer, c'était de parvenir à une imitation imparfaite. S'il en était ainsi, le mode de vie que j'envisageais ne pourrait être qu'une course désespérée pour atteindre l'inaccessible. Vouloir vivre une existence qui s'annonçait si misérable me semblait à la fois stupide et impensable.

Une intense fatigue m'a écrasé après ces pensées déprimantes, ce qui n'était guère étonnant, en raison des efforts que je venais de fournir. Je n'avais guère franchi qu'une trentaine de lis, mais j'avais marché sans arrêt, m'enfonçant dans deux pieds de neige, et la fatigue des jours précédents s'était ajoutée à celle de cette marche exténuante. Il n'était guère étonnant que je me sente mou comme de la cire. Et comme j'avais presque tout fait sans chaussures, mes deux pieds avaient été complètement insensibilisés par le froid. Mon petit sac lui-même me semblait effroyablement lourd.

Abandonnant l'idée d'aller plus loin ce jour-là, j'ai tenté de rejoindre la première auberge. Je voulais me chauffer les pieds en avalant quelque chose. J'en ai heureusement trouvé une, chauffée et vide.

Je venais juste de terminer le bol de pâtes que j'avais commandé quand j'ai vu un homme entrer. C'était le vieil aiguiseur que j'avais rencontré au bord du ruisseau, deux jours auparavant. Les traces de neige sur son pantalon humide et l'état de ses chaussures disaient clairement qu'il avait, lui aussi, franchi à pied le col enneigé.

Content de le voir, sans savoir pourquoi, je lui ai fait un signe de la tête. Sans faire attention à moi, et après avoir demandé une bouteille de *soju* et un bol de pâtes, il s'est allongé sur le sol, laissant pendre ses jambes à l'extérieur de la porte. C'était une sorte d'insulte, après mon accueil, mais ça ne m'a rien fait. Retenant un premier geste, j'ai décidé d'attendre le bon moment et de l'observer à loisir.

C'est par erreur que je l'avais pris pour un vieil homme. Malgré la barbe mal peignée qui ornait son visage profondément ridé, il ne devait guère dépasser la cinquantaine. J'avais sans doute conclu hâtivement que c'était un vieillard en raison de ses cheveux grisonnants.

Il n'a pas jeté un seul coup d'œil dans ma direction. A demi endormi, il est resté allongé à regarder le plafond d'un œil vide. Puis il a bu et mangé ce qu'on lui apportait, en silence, sans changer de position dans l'encadrement de la porte. Il a rebouché sa bouteille de *soju* à moitié pleine avec un morceau de vinyle, l'a mise dans sa boîte en bois avec quelques paquets de pâtes déshydratées achetées dans l'auberge, puis est sorti sans dire un mot, tel qu'il était venu.

Son apparition inattendue m'avait un instant détourné de mes pensées, mais je l'ai vite oublié. A nouveau, la beauté découverte sur le mont Ch'angsu et la réalité de ma quête interminable m'ont imposé leur poids insupportable.

Je me sentais comme un joueur professionnel qui vient de perdre son dernier atout. Je ne pouvais m'empêcher de glisser dans une inconsolable dépression. Qu'est-ce qui pourrait dorénavant remplir la coupe de ma vie ?

C'est sans doute à cause de cet état d'esprit pessimiste que j'ai à nouveau pensé à boire. J'ai appelé le tenancier, qui avait montré son mécontentement en jetant de temps à autre des coups d'œil dans la salle avec un air lugubre, pour lui commander une bouteille de *soju.*

Comme je n'avais pas mangé grand-chose, je m'enivrai très vite en grignotant quelques bâtonnets de pollack séché. Le temps de tout boire, et j'avais oublié ma douleur aux pieds.

Je ne me sentais plus aussi cafardeux, après le *soju.* J'ai demandé une autre bouteille. Dans cet état-là, j'ai toujours peur de sortir de l'ivresse, et je suppose que j'avais déjà cette habitude à l'époque, plus marquée peut-être. Je me laissais aller à l'ébriété.

Mais c'est alors qu'un rêve déchirant s'est emparé de moi.

Je finissais la deuxième bouteille quand cette étrange pensée s'est imposée : l'aiguiseur allait vers la mer, tout comme moi. L'alcool aidant, cette idée s'est transformée en absolue conviction, et j'ai soudain été pris par une bougeotte inexplicable. Je m'étais mis en tête que si cet homme arrivait avant moi, je n'aurais plus rien à faire au bord de la mer.

J'ai quitté l'auberge en hâte, après avoir vidé la bouteille. Je ne sentais plus ni douleur ni fatigue. Comme c'était l'hiver, le soleil descendait déjà vers l'ouest. Les glaçons qui pendaient au bout des toits de chaume étaient pareils à des cristaux dans le soleil couchant.

Je ne suis pas allé bien loin, malgré tout, à cause d'un groupe de joyeux fêtards, rencontré dans le second village après l'auberge. Ils rentraient de la chasse au lapin, et l'un des deux qu'ils avaient facilement attrapés dans la neige profonde était toujours vivant, et gigotait.

Etait-ce l'alcool, était-ce le crépuscule ? En tout cas, je n'ai pas fait de difficultés pour me joindre à eux. Peut-être ai-je proposé de payer les boissons pour la petite fête qu'ils allaient faire avec les lapins. Ils m'avaient invité avec plaisir.

Nous nous sommes réunis dans le bâtiment des 4H. Les lapins n'étaient pas aussi bons que je l'avais pensé, et les deux grandes bouteilles de *soju* que j'avais offertes m'interdisaient de voir clair, en raison de tout ce que j'avais déjà avalé. J'ai participé aux présentations générales et aux premières tournées, avant de tomber dans l'inconscience.

C'est le froid extrême qui m'a sorti du profond sommeil dans lequel j'étais tombé. Le sol du bâtiment, correctement chauffé avec plusieurs brassées de bois au début de la soirée, avait eu le temps de geler. Quel courant d'air il y avait avec ce vent glacé qui s'infiltrait sans pitié dans les trous de la porte en papier déchiré !

Il restait quelques traces de la beuverie, mais aucun des jeunes gens avec lesquels j'avais fait la fête. A ma montre, j'ai vu qu'il était quatre heures du matin.

J'ai cherché dans la chambre si le faible éclairage me permettait de trouver quelque chose pour me protéger de ce froid extrême, mais il n'y avait pas même une vieille natte de paille. J'ai pensé demander asile chez un villageois, mais aucune lumière ne brillait. Il ne m'était pas totalement impossible de reprendre ma route, puisqu'il y avait une certaine réverbération sur la neige, mais il faisait quand même trop sombre et trop froid pour quelqu'un qui voyageait à pied. La neige que j'avais avalée pour étancher ma soif m'avait refroidi davantage, et je suis rentré dans la salle afin de faire le point sur la situation et d'affronter ce froid féroce à mains nues, si j'ose m'exprimer ainsi.

Ce que je ressentais à ce moment-là, dans ce bâtiment désert, était moins le froid intense que la peur de la mort. Comme poussé par l'urgence, j'ai rédigé mon testament de mes doigts gelés. Je n'ai plus ce document ridicule en ma possession, mais je me souviens encore de certaines des phrases pathétiques qu'il contenait.

Il était adressé à un ami d'enfance. Après avoir écrit : *“A ouvrir en cas d'accident”*, j'avais expliqué comment la mort avait rôdé autour de moi les mois précédents, mais comme une simple éventualité, et que je ne la concevais en rien comme celle à laquelle je devais effectivement faire face. Même s'il était vrai que j'avais joué sans retenue avec des idées fausses, la zone sombre dans laquelle j'avais erré était l'obscurité qui annonce l'aurore. Mais elle était précédée d'un crépuscule. J'avais aussi parlé de la façon dont j'avais aimé le monde et la vie.

D'après ces souvenirs, il me semble que j'avais essayé de faire comprendre que ma mort n'avait rien d'un suicide. Les gens n'arrivent pas à se débarrasser d'idées préconçues concernant le suicide. Même lorsque quelqu'un a choisi de se donner la mort pour de bonnes raisons, les gens préfèrent s'en remettre à leurs habituelles conjectures hasardeuses ou à des considérations conventionnelles plutôt que d'essayer de comprendre les ennuyeuses justifications du suicidé. Puisque le mort ne peut rien répondre, les conjectures restent sans réplique.

Je ne pouvais guère m'attendre qu'il en aille autrement pour moi, et rien n'empêchait les gens d'accorder une importance exagérée à ma disparition… J'imagine que j'étais agité par des pensées de ce genre en rédigeant mon testament prématuré.

J'avais aussi demandé à mon ami de détruire tout ce que j'avais écrit l'année précédente, et de payer à mes nombreux amis et connaissances les dettes contractées pendant mes beuveries et mes frasques. Je lui avais donné quelques détails sur ces dettes, avant de demander, comme dernière faveur, que lui et sa Teresa prient pour moi.

L'aube pointait au moment où j'en finissais avec cette dernière lettre absurde et bavarde. La rangeant dans mon sac, j'ai quitté le bâtiment après avoir rassemblé tout mon courage.

Il ne faisait pas suffisamment jour pour prendre la route, mais assez pour s'orienter.

Cependant, il avait recommencé à neiger. Ce n'était plus une forte chute mais une neige fine qui s'amoncelait rapidement.

Du moins n'avais-je plus à marcher contre le vent. Mon intention première était de me réchauffer et de manger quelque chose avant de partir, mais le village entier avait sombré dans un profond sommeil. Je décidai de partir sans attendre, espérant trouver mieux dans le village suivant.

J'ai pénétré alors dans un monde étrange et inconnu, peuplé du seul vent sifflant dans les branches nues des arbres bordant la route. Il n'y avait aucun signe de vie. Les champs, que la nouvelle chute de neige avait recouverts davantage encore, formaient une véritable mer blanche. Les arbres étaient les derniers signes permettant de retrouver la route. Sans eux, elle aurait été transformée en fleuve de neige. A ma stupéfaction, j'ai découvert que quelqu'un avait enfoncé ses pas avant moi au milieu de cette rivière. Mais je n'ai pas prêté attention bien longtemps à cette première trace humaine, en raison du froid qui s'infiltrait en moi et me rendait à moitié fou.

A peine sorti du village, je m'étais mis à courir, et j'avais continué. Je voulais avant tout me libérer de ce froid insupportable. Sans la neige, j'aurais pu faire un feu avec des branches mortes et des brindilles, mais je n'avais pour sauver ma peau aucune autre solution que de courir dans la neige, qui avait tout recouvert. Courir et atteindre le plus rapidement possible le village suivant.

Comme la neige avait durci sous l'effet du froid, je m'enfonçais moins que la veille, et j'avançais plus aisément. Après un certain temps, mon corps a commencé à émerger de sa rigidité.

Mais à peine étais-je libéré de l'horreur du froid qu'un autre ennemi m'attaquait : la faim. Ce n'était pas la simple faim qui se manifeste dans l'estomac, mais celle qui tord le corps tout entier. Je regrettais de ne pas m'être alimenté normalement les jours précédents, me nourrissant presque exclusivement d'alcool. La veille, en particulier, mis à part un alcool très fort, je n'avais avalé qu'un petit déjeuner. Incapable d'en supporter davantage, je me suis arrêté, haletant, pour manger une boule de neige. J'ai eu l'impression d'une lame qui me traversait à mesure que mon corps digérait la neige, mais c'était le seul moyen d'apaiser la faim. La boule de neige a réveillé la sensation de froid que j'avais eu tant de peine à oublier.

Je me suis remis à courir. J'ai accéléré, mobilisant toute l'énergie que je ne gaspillais pas à lutter contre la faim et le froid. Les arbres au bord de la route me fouettaient au passage, comme si j'étais penché à la fenêtre d'un train. J'avais l'impression de voler. Mais, en vérité, le rythme de ma course faiblissait et je commençais à traîner les pieds. J'ai découvert plus tard que la longue distance que je croyais avoir franchie, comme si je filais vers l'éternité, ne faisait guère plus de cinq lis.

Petit à petit, toutefois, la sensation de froid et de faim m'a quitté, cédant la place à une grande confusion et à une surprenante envie de dormir. De gros tas de neige s'offraient à moi, comme s'il s'était agi d'épaisses couvertures de coton. A de multiples reprises, j'ai failli me laisser tomber sur place pour m'endormir d'un sommeil éternel. Je n'étais même plus en état de savoir dans quelle direction j'allais. Devant mes yeux, il n'y avait plus qu'un océan de neige. Conduit par mon seul instinct, j'ai continué à avancer.

J'ignore combien de temps j'ai pu marcher ainsi. Et puis, soudain, j'ai entendu une voix m'appeler de très loin.

— Ohé, ohé ! Il n'y a pas de route par là. C'est par ici !

Tiré brusquement de mon inconscience, j'ai regardé autour de moi. Sans m'en douter, j'avais quitté la route, pour m'enfoncer en plein champ.

— Par ici ! Par ici !

J'ai entendu la voix pour la deuxième fois. Fixant mon regard, j'ai cherché dans la direction d'où elle venait. Ce sont les flammes vacillantes d'un feu qui ont attiré mes yeux. Et puis j'ai vu une hutte, ou plutôt quelque chose qui ressemblait à une hutte, mais qui était en fait un grenier ouvert, installé l'été d'avant. Enfin, j'ai fini par distinguer à peu près l'ombre floue d'un homme. J'ai alors commencé à reprendre un peu conscience. Faisant appel à mes dernières forces, j'ai couru vers l'homme et la hutte. A mon grand étonnement, j'ai trouvé l'aiguiseur accroupi devant un feu.

— C'est beaucoup trop risqué, par un temps pareil !

Il a installé une natte de fortune pour moi, avec quelques-unes des tiges de millet sèches qu'il utilisait pour nourrir le feu, et je me suis assis en défaillant, au point de presque en embrasser le feu.

— Attention, vous brûlez vos cheveux !

Sa voix était plus forte, et il avait accompagné son avertissement d'un geste de la main pour me retenir. Mais mon esprit n'était pas en état d'enregistrer ce qu'il disait. Rendu hagard par un nouvel assaut du froid, j'ai aspiré la chaleur du feu comme un homme mourant de soif doit se jeter sur l'eau.

— Retirez vos jambes. Vous allez brûler votre pantalon.

Il y avait maintenant une sorte d'irritation dans son avertissement, tandis qu'il frottait le bas de mon pantalon pour en chasser les braises qui avaient sauté du feu.

— On dirait bien que vous avez besoin de manger.

Dès qu'il a estimé que j'avais suffisamment repris mes esprits, il a sorti une casserole couverte de suie de la boîte en bois qu'il trimbalait avec lui. Il a installé un fourneau de fortune au bord du feu, et, jetant dans la casserole des poignées de neige, il a commencé à alimenter le feu. Puis il a ajouté d'autres poignées de neige et sorti de sa boîte un paquet de pâtes déshydratées.

Ce n'est qu'après avoir vidé la casserole jusqu'à la dernière goutte que j'ai complètement retrouvé mes esprits. Pendant tout le temps où j'avais mangé, l'homme m'avait regardé en silence.

— Je vous suis vraiment reconnaissant.

En prononçant ces mots de remerciement, j'avais conscience qu'ils étaient maladroits et tardifs.

— Vous devez payer pour les pâtes, a dit l'homme, d'une voix dépourvue de toute chaleur. Honteux et mal à l'aise, j'ai sorti mes derniers billets de cinq cents wons et je les lui ai tendus.

— Un seul, c'est déjà trop, a-t-il dit en prenant un billet de la maigre liasse. Après l'avoir enfourné dans sa poche, il m'a tendu quatre pièces de cent wons. Il y avait quelque chose d'autoritaire dans son attitude, qui ne souffrait aucune contradiction.

— Alors, qu'est-ce qu'il y a donc de si important pour vous faire partir si tôt, par un temps pareil ?

J'étais en train d'enlever des morceaux de peau au-dessus de ma bouche, car les pâtes chaudes avalées trop vite m'avaient fait peler, quand il a lancé sa question soudaine, apparemment avec nonchalance. Je suis resté un instant sans voix. Cet aiguiseur pouvait-il comprendre pourquoi je me dirigeais vers la mer ? Mais, en même temps, je sentais que je ne devais pas lui mentir. Essayant d'être aussi direct et aussi concis que possible, je lui ai dit où j'allais et pourquoi.

— J'avais deviné. Si ça n'avait pas été pour une raison aussi absurde, vous n'auriez pas fait une chose pareille. Si vous aviez été un marchand de poisson en route pour acheter de la marchandise en gros, vous ne seriez pas sorti à cette heure-là et par ce temps-là.

Puis, souriant avec mépris (ou d'un véritable sourire, je ne saurais le dire), il a ajouté :

— Je vais peut-être faire là-bas le contraire de ce que vous y ferez.

Qu'il ait pu comprendre mes intentions avec les explications plutôt obscures que je venais de lui fournir m'a surpris. Mais il m'a inquiété en parlant ainsi.

— Alors vous allez aussi à Taejin ?

— C'est la ville de bord de mer la plus proche d'ici.

— Qu'est-ce que ça signifie "faire le contraire" ?

— J'ai dit ça parce qu'il semble que je vais là-bas pour tuer et vous pour mourir.

Il m'avait fourni son explication sans la moindre hésitation. Elle m'a violemment frappé. Sans vraiment comprendre ce que je disais, j'ai demandé :

— Qui allez-vous tuer ?

Il m'a observé silencieusement quelques instants. C'était comme un regard inquisitorial. Puis il m'a souri de ce sourire avec lequel il aurait pu tourner n'importe qui en ridicule, à commencer par lui et moi.

— Le charme de la confiance réside dans la possibilité de la trahison. Mais, après tout, vous me devez la vie.

— Vraiment ?

— Je veux dire que j'espère pouvoir vous faire confiance. Je vais vous raconter mon histoire.

J'essayais encore de comprendre ce qu'il disait quand il a recommencé à m'interroger.

— Quel âge pensez-vous que je puisse avoir ?

— Euh... environ cinquante, je dirais...

— C'est exactement dix ans de plus que je n'en ai. C'est à cause de ces foutues dix-neuf années.

— ?

— Je vais vous parler de ces dix-neuf années.

Pour la seconde fois, il a semblé hésiter, puis il a commencé son histoire, d'une voix basse et pensive, comme s'il s'était résigné à me découvrir son secret.

— Nous étions un groupe de rêveurs, avec un penchant pour les mots ronflants comme liberté, égalité et autres mots dangereux et élevés qui fascinent habituellement les rêveurs. C'était le temps des rêves, mais nous rêvions plus que nos contemporains. Nous avons acheté de l'acide acétique et de la glycérine pour imprimer des tracts. Et nous avons caché des couteaux. Notre chef mis à part, nous avions tous vingt ans.

— …

— Un type plus malin que les autres s'est réveillé de ces rêves dangereux. Il est allé nous dénoncer à la police, tandis que nos rêves nous aveuglaient. Celui d'entre nous qui s'est suicidé juste avant l'arrestation a été finalement le plus chanceux. Nous avons tous été ramassés, torturés et jugés. Notre chef a été condamné à mort, tandis que moi et un autre avons eu droit à la prison à vie. Les deux derniers ont pris respectivement dix et quinze ans.

— …

— C'était juste après la guerre de Corée. Que nous ayons pu survivre à ces années de feu tient seulement au fait que nous n'avions rien à voir avec les Nord-Coréens.

— …

Je l'écoutais en silence, froid, mais étrangement touché.

— C'est notre haine infinie pour le traître qui nous a permis de survivre à ces interminables années de prison. Nous avions été abattus par la trahison de la confiance bien plus que par l'évanouissement de nos rêves ou l'échec de nos convictions. Nous nous sommes juré de nous venger, et un couteau devait nous rappeler ce serment. L'un d'entre nous, qui était devenu charpentier en prison, a fait ce couteau.

Il avait sorti un couteau de sa boîte en bois, et me l'avait tendu. J'ai reconnu celui que je l'avais vu aiguiser lorsque je l'avais rencontré le premier jour, près du courant.

— Le premier d'entre nous qui a quitté la prison après sept années, grâce à une réduction de peine, est sorti avec le couteau caché dans sa veste. Il a eu beaucoup de mal à retrouver le traître. Cela ne l'a pas empêché de le chercher, les premières années. Mais sa condamnation était relativement légère, et cela a facilité sa réinsertion. En peu de temps, il est devenu chef de famille, avec travail, économies, femme et enfants

— ...

— Après onze années, un deuxième a quitté la prison, toujours grâce à une réduction de peine. A cette date, celui qui était sorti le premier s'était installé dans son confort. En s'excusant, il a passé le couteau au deuxième homme.

— ...

— Mais la même chose est arrivée au deuxième. Il est venu nous voir un jour de sa deuxième année de liberté, avouant qu'il voulait laisser le couteau à un autre. Ceux d'entre nous qui étaient toujours en prison lui ont craché dessus.

— ...

— Enfin, le jour de la sortie de prison a sonné pour le troisième. Nous n'avons pas eu l'occasion de lui faire passer le couteau, parce qu'il avait été libéré pour raisons médicales, alors que sa peine était la même que la mienne. Il est mort peu de temps après son élargissement...

— ...

— C'est à moi qu'est revenu le couteau, quand ma sentence a été commuée après dix-neuf années d'emprisonnement. C'était en mars dernier. Et j'étais différent de mes prédécesseurs. Pour un ancien prisonnier politique enfermé pendant dix-neuf années, la réinsertion était presque impensable. C'est ce qui m'a permis de courir après le traître avec plus de constance que mes ex-camarades. La profession d'aiguiseur ne m'a pas seulement permis de transporter légalement le couteau. Elle m'a aussi fourni un niveau de vie acceptable.

Et finalement, je suis à portée de ce salaud.

— Alors, il est à Taejin ?

— Oui. D'après ce que j'ai découvert, les choses ne se sont pas très bien passées pour lui non plus. Après avoir obtenu quelques avantages de la police pour nous avoir vendus, il a été abandonné par ses nouveaux amis, pour détournement de fonds. A la suite de différentes tentatives avortées pour se remettre à flot, il semble qu'il travaille sur un bateau de pêche depuis quelques mois.

Il s'est tu un instant, puis, m'examinant attentivement, a ajouté :

— Dites-moi, vous allez me dénoncer ?

J'ai remarqué que son sourire railleur était revenu. Puis, comme s'il regrettait de m'avoir parlé trop franchement, il a sombré dans le silence, n'ouvrant plus la bouche jusqu'à ce que je le quitte. La neige avait cessé et l'aube avait paru depuis longtemps quand nous avons quitté la hutte. Nous avons franchi environ trente lis ensemble en silence, avant de nous séparer à un embranchement de la route, en un point d'où on pouvait apercevoir la ville.

— Restez derrière. Il vaut mieux qu'on ne vous voie pas avec moi. Je ne veux pas que vous soyez impliqué.

Il m'a quitté sur ces mots, prononcés avec la même voix maussade qu'il avait à notre première rencontre, puis a filé droit devant lui. J'ai oublié de le saluer, et je l'ai à peine regardé s'en aller.

Mon récit de l'hiver de cette année-là touche maintenant à sa fin.

Il était environ deux heures de l'après-midi quand je suis arrivé à Taejin. La neige avait recommencé à tomber. J'étais en retard sur mes prévisions, parce que je m'étais arrêté à I. pour me reposer et faire sécher mes vêtements.

J'ai entendu dire que Taejin est devenu une ville balnéaire renommée, mais à l'époque ce n'était qu'un petit port insignifiant, dans lequel rien ne se passait, si ce n'est l'été.

Cet hiver-là, le port désert m'a fait penser à celui d'une île fantôme.

Je me souviens en particulier des dix derniers lis sur une route qui était tout sauf régulière. La partie de mon journal consacrée à mon arrivée à Taejin est gribouillée des mots suivants, ornés par les taches laissées par les flocons de neige.

O mer ! Me voilà enfin, répondant à tes appels si brusques, si insistants !

Ces derniers jours, tu m'as fait signe avec des centaines de voix différentes. Je t'ai vue dans le visage grimaçant du ciel et dans les flocons de neige suspendus en l'air. Je t'ai entendue dans les hurlements du vent du nord et dans les pitoyables sanglots des arbres de la route. Ton appel m'a sorti de mon sommeil, de mon rêve et de mon ivresse. C'est pourquoi je suis venu à toi ainsi. Ni les chutes de neige, les plus fortes depuis trente ans, paraît-il, ni la hauteur des sommets enneigés qui n'offraient aucun passage au voyageur n'ont pu m'arrêter. Cette marche de deux cents lis dans la neige et le vent n'a pas été trop pénible, et bien que mes pieds souffrent d'engelures et d'ampoules, que mon visage soit orné de brûlures, je n'ai pas succombé.

Les dix derniers lis avant de te rejoindre ont été particulièrement pénibles. C'était une route battue par des vents froids et mordants. Les flocons humides se transformaient instantanément en eau glacée sur mes joues et sur ma nuque, coulant sur ma peau nue.

Mes chaussures spongieuses d'avoir absorbé l'eau et la glace de la route sont insupportablement froides. Mes cheveux raides ont gelé au point de peser sur mon crâne, et le sang cogne à mes tempes. Même dans ces conditions, j'ai couru comme un chien obéissant fidèlement à l'appel de son maître.

Dis-moi maintenant. Dis-moi pourquoi tu m'as appelé. Tout en moi t'écoute…

Je suis resté un long moment silencieux devant la mer. Des vents violents rabattaient vers la rive des vagues qui claquaient contre les rochers et déchiraient le sable de leurs griffes puissantes. J'étais enveloppé comme dans un brouillard par la brume laiteuse qui se levait et les flocons de neige qui jaillissaient de l'obscurité.

Ah, je m'en souviens encore. Les mouvements violents qui agitaient la mer, le ciel qui s'unissait aux flots en une sombre étreinte. Le vol des mouettes solitaires, et leurs cris mourants. Et la découverte soudaine de mon image misérable et insignifiante.

Je me demande si le silence dans lequel j'avais sombré n'était pas une manifestation supplémentaire de ma confusion délirante. Si cette confusion n'était pas une façon de chercher un moyen de communiquer avec la mer. Si je n'espérais pas trouver ainsi, dans cette forme de communication ambiguë, la réponse à la question que j'avais repoussée depuis longtemps et que je ne pouvais pas annuler tout seul… Cette question peut sembler ridicule maintenant, mais elle était désespérément cruciale à l'époque : jeter au loin la coupe amère ou, au contraire, la vider avec persévérance. Ce que j'étais venu chercher, c'était peut-être la réponse à cette question.

Pourtant, la seule préoccupation de la mer semblait être de proférer de terribles rugissements que je ne pouvais comprendre. “Réponds ! Réponds !” Je la pressais davantage à mesure que je m'approchais d'elle. Les vagues baignaient mes pieds gelés avec une sorte de tiède douceur, et, l'instant d'après, d'autres vagues plus fortes me faisaient vaciller en étreignant mes genoux de leur apparente chaleur.

Je me suis arrêté un instant dans l'eau, m'efforçant de garder mon équilibre, fatiguant mes oreilles tout en regardant le ciel s'obscurcir et l'agitation de la mer devenir plus violente à chaque seconde. A quelque distance, des mouettes se laissaient aller au gré des vagues pour reposer leurs ailes fourbues.

J'ai fermé les yeux. Au même instant, je me suis rendu compte que quelque chose comme un doux filet de lumière montait des profondeurs de ma conscience. Il me semblait que la signification profonde de la mer allait m'être révélée, d'une voix qui pouvait mettre fin à tous mes vagabondages.

J'ai attendu que la forme de cette révélation devienne plus claire et plus reconnaissable.

Un long moment a passé. Un choc violent et le tonnerre des vagues heurtant des rochers tout près ont fini par me sortir de cette immobilité. C'est alors qu'un petit événement s'est produit à l'intérieur de mon champ de vision. Une minuscule mouette grise a soudain été engloutie sous une montagne de vagues déferlantes.

L'oiseau a battu des ailes une fois seulement, et je ne l'ai plus revu. Même dans l'état de confusion où je me trouvais, j'ai prié ardemment pour qu'il refasse surface, il n'a pas réapparu. Seules les vagues qui l'avaient englouti ont déferlé sur moi.

Après cela, il semble que mon corps ait été entièrement à la merci de mes instincts. Malgré la chaleur, le plaisir et la séduction qui émanaient de la mer, mes muscles ont fait un effort désespéré pour m'en sortir. Mon désir de vivre avait été décuplé et la flamme de ma conscience avait été alimentée par une brève exposition à un réel danger.

C'est le feu de mon désir qui s'était acharné avec férocité, mais, dans le même temps, avec pitié et mélancolie. Ce faisant, il avait éclairé une image authentique de moi, aussi impuissant et aussi épuisé que cette mouette engloutie par les vagues. Oui, j'ai vu, à cette lueur, ma propre misérable existence, ballottée par les vagues du désespoir et de l'absurde.

Puis, tout à coup, les rugissements de la mer ont perdu tout sens, et sa frénésie n'a plus été que le mouvement insignifiant d'un objet inanimé.

Je vais rentrer. Il est temps de mettre fin à ce jeu si grave. La mer n'était qu'un de ces trucs avec lesquels des illusionnistes médiocres parviennent à fasciner les naïfs. De qui doit-on attendre le salut, quand Dieu lui-même nous a abandonnés, renonçant à nous sauver ? Mais, même alors, la mouette doit s'envoler, et, nous, nous devons continuer à vivre. Si une mouette cessait de voler, ce ne serait plus une mouette. Quand un être humain renonce à préserver son intégrité, il cesse d'être un être humain. La coupe que chacun a reçue en partage doit, quoi qu'il en coûte, être vidée jusqu'à la dernière goutte. Le désespoir n'est pas la fin, mais le début de l'existence...

Ce qui précède, ce sont les dernières lignes de mon journal de ce jour-là, elles aussi souillées par les traces laissées par les flocons. J'avais enfin tiré une conclusion résolue à l'issue d'un processus pénible, mais il ne semble pas que je sois arrivé à surmonter une inexplicable sensation de vide et de chagrin. Admettre un désespoir n'est pas chose à laquelle on parvient avec l'aide de sa seule raison. Je pense que j'ai dû pleurer un long moment, appuyé contre un rocher, sur la plage.

A vrai dire, mon désespoir n'était pas encore assez authentique pour devenir le principe moteur de mon existence, mais je peux dire que le désespoir que j'avais vécu au bord de la mer m'avait fait découvrir un sentiment de liberté.

S'il n'existe aucune valeur absolue et objective pour nous guider, c'est avec nos propres mains que nous devons bâtir notre salut. Nos vies ne sont plus faites pour se conformer à diverses attitudes, elles doivent être reconnues et valorisées par nous-mêmes et nos propres efforts.

Dans ce sens, ma cousine de Y. avait raison. Le désespoir est la plus pure et la plus puissante des passions humaines. En lui réside le salut. Cette découverte a déterminé ma vie à venir. Tout cela grâce à ce que j'ai enduré sur ce glorieux mont Ch'angsudae, battu par la neige.

Maintenant, je médite. Un véritable tempérament artistique contemple la beauté dans un état de désespoir absolu. Ce qui fait la grandeur d'un artiste n'est pas sa capacité à créer la beauté, mais le fait qu'il a accepté le défi, qu'il a souffert dans ce combat perdu, tout en sachant comment celui-ci devait s'achever. Il en va de même avec ce récit… Si une valeur quelconque doit lui être accordée, elle ne réside pas dans mon imparfaite description de la beauté et de l'authenticité de cet hiver-là, mais dans ces nuits d'épuisement et d'agonie que j'ai endurées en sachant parfaitement que ma tentative n'aboutirait à rien.

J'avais à peu près surmonté mon découragement et mon chagrin inexprimables quand l'aiguiseur a réapparu. En dépit du bruit des vagues et du vent, j'avais senti la présence d'une autre personne. J'ai regardé autour de moi, et j'ai vu un homme de l'autre côté du rocher sur lequel je m'appuyais.

J'ai remarqué qu'il avait un air très différent. A présent, il semblait misérable et épuisé. La boîte en bois qu'il portait gisait à ses pieds, comme des armes abandonnées par un guerrier. Il semblait préoccupé et son regard était tourné vers la mer, sans rien fixer de précis.

On aurait dit qu'il n'avait pas remarqué ma présence. Repris par un sentiment de futilité tragique, je me suis approché de lui.

Il n'a même pas bougé tant que je n'ai pas été à quelques pas de lui. Comme effrayé de me mettre en travers de son chemin, je me suis immobilisé. Il était toujours perdu dans ses pensées, inconscient de ma présence. Il a fini par se tourner, non pas vers moi, mais vers la boîte qu'il avait laissée tomber à ses pieds. Se penchant, il a fouillé dedans, pour en sortir le couteau qu'il m'avait montré le matin même. Il l'a regardé quelques instants, puis, sa conviction faite, l'a jeté dans la mer de toutes ses forces. Le couteau a décrit une longue parabole avant de disparaître.

— Qu'est-ce que vous faites ? ai-je demandé impulsivement, d'une voix sourde, à la fois excité et déçu. Il m'a regardé quelques secondes de ses yeux tristes, avant de me répondre.

— Je viens de me débarrasser d'une obsession trompeuse.

Cette réponse m'a fait comprendre pourquoi il avait l'air si épuisé, si misérable. Il venait de perdre tout ce qui avait un sens pour lui… cette haine tenace.

— Ce salaud vivait dans une baraque misérable, avec une femme malade et deux enfants, un garçon et une fille, couverts de furoncles. Les gosses pleuraient de faim et la femme se mourait. J'ai pensé… que… la pire des punitions était de le laisser vivre.

Un sourire triste a éclairé son visage. Je me suis dit qu'il mentait.

— Il m'a supplié de le tuer, mais j'ai refusé.

D'entendre ces mots qui ressemblaient à une excuse m'a donné l'envie brusque de lui demander les vraies raisons de son pardon. Mais une autre impulsion, plus forte encore, s'est emparée de moi. Le laissant là, j'ai couru à mon sac que j'avais laissé de l'autre côté du rocher. J'en ai sorti le testament que j'avais écrit la veille et le flacon de poison que je trimbalais depuis six mois, et je les ai regardés quelques secondes, tout comme il avait fixé son couteau.

Il s'est lentement approché de moi et a commencé à observer mes mouvements en silence. Je me demandais si le moment était vraiment venu. Quoi qu'il en soit, j'ai enveloppé le flacon dans la lettre, et les ai lancés de toutes mes forces vers la mer. Ils ont coulé immédiatement.

— Qu'est-ce que vous avez jeté ? m'a-t-il demandé d'une voix étrange.

— Le sentimentalisme. Et mon savoir, qui s'est rabougri avant de mûrir.

Je l'ai rencontré une fois encore à B. Il gagnait sa vie en dessinant au fer chaud sur des assiettes en bois. C'est un art qu'il devait avoir appris en prison. Sa boutique était petite, mais, à en juger par le nombre de clients, les choses devaient aller assez bien pour lui. Et je dois mentionner sa jeune et jolie femme et son fils d'environ un an.

Par contre, je ne me souviens pas de quelle façon nous nous sommes séparés, ce jour-là, sur la plage.

Le lendemain, j'étais dans un train pour Séoul. C'était un bel après-midi de la fin de l'hiver. Quand le train est passé devant un verger de pêchers, j'ai remarqué que les extrémités des branches étaient rouges, ce qui laissait augurer une belle floraison au printemps.

LECTURE
DE
MICHEL POLAC

YI MUNYOL :
UN PONT ENTRE ORIENT ET OCCIDENT

La Corée nous offre une image pour le moins contrastée : au nord un communisme poussé à l'extrême de la caricature avec son stalinisme monarchiste (le fils du tyran a été intronisé héritier de la République), au sud un capitalisme sauvage instauré par des dictateurs (mais qui s'humanise peut-être avec la toute jeune démocratie). Cette situation découle bien évidemment d'un cessez-le-feu qui, en 1953, a coupé le pays en deux, et il n'y avait pas d'autre issue sinon la guerre mondiale. Ce déchirement, cet écartèlement, cette opposition caricaturale, Yi Munyol, le plus célèbre des écrivains de Corée du Sud, les refuse : son œuvre, du moins ce que nous en connaissons en France, est un refus de tout manichéisme, une tentative de conciliation des contraires, non pas sur un plan strictement politique mais comme conception de l'homme, une aspiration à l'unité perdue mais non inaccessible aux yeux d'un Oriental tout pénétré de philosophie et de poésie traditionnelles. Ce qui me fascine justement dans cet écrivain, c'est qu'il ignore les frontières entre l'espace du dedans et l'espace du dehors, entre le monde intérieur et le monde extérieur, il n'escamote pas le conflit entre l'individu et la société, il le constate et en nourrit son œuvre, il ne choisit pas non plus la sagesse traditionnelle contre le modernisme hasardeux, il montre comment le heurt de deux visions du monde façonne l'homme d'aujourd'hui.

Six millions d'exemplaires de l'œuvre de Yi Munyol ont été vendus en Corée du Sud, un pays qui ne compte que quarante millions d'habitants mais où la vie littéraire (si l'on en juge non seulement par les tirages mais aussi par le nombre de titres ou de revues) paraît en meilleure santé que chez nous. J'ai rencontré l'auteur lors de son passage à Paris : il s'étonna qu'on eût traduit quatre courts récits et non ses grands romans ; nous lui avons expliqué qu'il fallait d'abord apprivoiser les lecteurs français – et sans doute aussi les critiques assez peu nombreux à rendre compte des littératures d'Extrême-Orient.

Yi Munyol est plutôt petit, massif, assez réservé, peut-être timide ; il ne parle aucune langue étrangère, car jusqu'à trente-cinq ans il n'avait aucun espoir de sortir du pays : il était suspect parce que son père, au moment de la guerre, avait choisi le Nord où cet ancien doyen d'université se retrouva ingénieur hydraulique. "Fils de traître", Yi Munyol n'avait pas le droit de sortir de son pays et longtemps il fut privé de la même liberté que ses concitoyens. Malgré son visage impassible une grande émotion est passée dans ses yeux lorsqu'il nous raconta qu'en 1983 son père réussit à lui faire transmettre par un voyageur japonais une lettre : par une allusion discrète il y faisait comprendre qu'il avait lu au moins un livre de son fils (interdit bien évidemment au Nord).

Ce n'est donc qu'à trente ans que Yi Munyol a commencé de publier, et en moins de dix ans il est devenu le plus important écrivain coréen.

Son premier texte *Chant sous une forteresse** en fit un héros de la jeunesse : il dénonçait l'inhumanité d'un service militaire meurtrier cù les exercices se faisaient à balle réelle, et où les tanks écrasaient les conscrits : une écriture habile, un certain détachement, une forme d'humour permirent au livre d'échapper à la censure du général Park. D'ailleurs l'ouvrage publié en 1978 était censé se dérouler en 1963 !

*Notre héros défiguré*** (qui date de 1987) est de la même veine et son retentissement fut immense : apparemment il ne s'agit que de la dénonciation des mœurs violentes dans un collège de province. Mais cette violence n'est rien à côté de celle décrite par le Suédois Jean Guillou dans le *Devoir de violence* : dans ce pays scandinave si démocratique et à la réputation fort sage, il se passait des choses si épouvantables qu'après la publication du roman une enquête eut lieu et un collège fut fermé. Les brutalités décrites par Yi Munyol sont, elles, fort banales, mais à travers ce roman c'est tout un système politique dictatorial qui est dénoncé : l'avilissement des individus par le règne de petits chefs, des caïds ; la peur, le mensonge, l'aveuglement ou

* Actes Sud, 1991.
** Actes Sud, 1992.

la lâcheté des maîtres, tout un système qui détruit les valeurs et la dignité de l'homme.

Mais l'œuvre de Yi Munyol n'est jamais noir et blanc et le jeune narrateur du livre – dont on peut penser qu'il a certains points communs avec l'auteur qui a été lui aussi exilé dans des provinces reculées à la suite de la "disgrâce" de son père – va finir lui aussi par s'abaisser devant le caïd de la classe. Celui-ci ne sera pas vaincu par des méthodes très exemplaires : le nouveau professeur, lorsqu'il découvre l'envers du décor, va rétablir la justice avec beaucoup de brutalité : on pourrait presque penser à un maître zen qui provoque l'ouverture de l'esprit à coups de bâton sur ses disciples.

La force de Yi Munyol est d'obliger le lecteur à s'interroger, à douter de lui-même : comment réagirait-on dans une situation pareille ? N'y a-t-il pas en chacun de nous une inclination vers la servitude volontaire, parce que la liberté fait toujours peur et que d'une certaine façon la prison "protège", et de soi-même et des autres ? Encore que l'exemple des pays qui ont connu la dictature peut nous rassurer : Coréens, mais aussi Espagnols, Italiens, Allemands et maintenant Russes nous prouvent qu'ils sont "vaccinés" à une large majorité – le "résidu" ne dépasse pas cinq pour cent en Espagne, dix pour cent ailleurs ! Mais un autre danger survient et Yi Munyol le fait apparaître dans les très surprenantes dernières pages de *Notre héros défiguré* : trente ans après, le capitalisme sauvage triomphe, et le narrateur est victime de son honnêteté, de son refus des compromissions mercantiles, il devient un chômeur, un raté dans la compétition sans merci de la fin du XXe siècle, alors qu'"un ami avait ouvert une boîte avec trois fois rien et plastronnait avec l'argent qu'il s'était fait grâce à un produit dont lui-même ignorait tout". A la dernière ligne le narrateur pleure-t-il sur lui-même ou sur le sort des hommes ? Est-ce le pessimisme de l'auteur qui pointe ? Je crois que l'auteur veut nous signifier qu'il n'y a pas de fin au combat, qu'il y aura toujours une force négative contre laquelle lutter, comme si dans chaque victoire se cachait le germe d'une nouvelle défaite.

Dans *l'Hiver, cette année-là* et *l'Oiseau aux ailes d'or**, on retrouve un Orient plus familier, plus traditionnel, et cette veine culminera dans *le Poète***, une biographie imaginaire d'un poète vagabond du XIXe siècle, Kim Sakkat, dont la vie reste aussi peu connue que celle de Villon malgré la proximité historique.

Mais si Yi Munyol a bien voulu reconnaître l'influence de la littérature chinoise, son visage s'est fermé lorsque j'ai évoqué la littérature japonaise : Kawabata, Tanizaki ou Kafu par exemple. Il semblerait que la réconciliation avec l'ennemi héréditaire, l'occupant cruel de 1910 à 1945, n'ait pas encore eu lieu. Yi Munyol préfère citer les auteurs occidentaux : Dostoïevski avant tout, et Nietzsche, mais aussi Melville et Faulkner (aux USA il a rendu visite à sa famille), et Balzac et Stendhal. Et

* Actes Sud, 1990.
** Actes Sud, 1992.

Hermann Hesse ? “Oui je l’ai aimé… à dix-huit ans”, dit-il avec un petit sourire. Il cite aussi Mircea Eliade car, s’il n’a pas de religion, Yi Munyol a une vision mystique de l’univers, et le bouddhisme, bien sûr, l’intéresse comme philosophie.

L’Hiver, cette année-là m’a rappelé un récit de Werner Herzog : la traversée d’une partie de l’Allemagne et de la France en plein hiver, à pied, avec le vœu d’obtenir ainsi la guérison de Lotte Eisner, l’historienne du cinéma qui était gravement malade. Mais autant le texte de Herzog est enraciné dans une réalité contemporaine, brutale et laide, avec ses routes goudronnées et ses camions, autant le pèlerinage de Yi Munyol nous fait retrouver la beauté des paysages éternels de l’Asie. Le héros traverse les montagnes enneigées de la Corée, l’hiver, pour aller se suicider au bord de la mer. Au terme de son pèlerinage aux sources, à travers les épreuves, il se réconciliera avec la vie et abandonnera son projet, comme l’aiguiseur de couteaux qui voulait tuer un homme qui l’avait trahi. Le suicide et le meurtre ne sont que les signes négatifs d’une haine de la vie.

L’Oiseau aux ailes d’or me paraît une des plus belles méditations sur le rôle de l’art en ce siècle de mutations et de ruptures. Dans l’univers immobile – hors du temps – de la tradition, le peintre peut se livrer à toutes les variations sur les apparences, il reste l’artisan modeste et même parfois anonyme qui sert de révélateur de la Réalité – illusoire ou non peu importe ; la perfection du travail est indissociable de la perfection intérieure, l’une progresse avec l’autre, la maîtrise de la technique est maîtrise de soi. A la limite, le maître dédaignant tout succès mondain s'efface dans son œuvre, et même y disparaît. Kojuk, le héros du roman, se révolte contre la tradition, avec d'autant plus de raison que cette tradition, partout dans le monde, est usée jusqu'à la corde par la routine, la répétition des mêmes recettes, un conservatisme sclérosant, paralysant. Kojuk, bien qu'excellent élève, est influencé par l'Occident, il sent bouillonner en lui une énergie violente, il veut exprimer sa personnalité, se distinguer, innover et sortir de l'anonymat grâce à la création de nouvelles formes. Nous autres qui avons transformé Van Gogh en héros de notre temps et même en saint, nous comprenons le désir de Kojuk, nous nous reconnaissons dans cet aventurier de l'esprit. Et pourtant, au terme d'un itinéraire chaotique, alors qu'il a obtenu la reconnaissance sociale, le héros du livre va se livrer à un autodafé, et se libérer ainsi d'une œuvre dans laquelle il se sent prisonnier, une œuvre qui n'est plus à ses yeux qu'une égotiste exaltation du moi, un monument à sa gloire, mais quelle gloire, quel "moi" ? Vivre sa vie, se réaliser (idéal occidental) ne suffit pas et même nous égare, nous éloigne de la véritable réalisation de soi qui est libération des chaînes de l'ego. Et cela, l'art moderne (et toute la civilisation industrielle) l'ignore. C'est pourquoi le suicide, la folie, sont si souvent au bout de la route des artistes contemporains, comme aussi, au bout de la route que l'Occident a empruntée, grisé par la soif de possession et de pouvoir. Mais sans doute fallait-il que le jeune peintre s'opposât à son vieux maître, refusât l'héritage, les modèles, allât au bout de son désir pour tirer la leçon par lui-même, et non une leçon imposée.

Le grand paradoxe de notre temps, c'est que nous ne croyons que ce que nous avons expérimenté, nous refusons l'autorité, nous ne voulons plus obéir aveuglément (et comment revenir en arrière, obéir comme des enfants ?), il nous faut donc nous tromper, détruire, nous détruire, errer avant de commencer à comprendre ce que voulaient nous enseigner les anciens ; et en général, quand nous parvenons à la compréhension, nous avons atteint l'âge de ces Vieux dont les leçons nous paraissaient si démodées. Suffit-il donc d'attendre, attendre de vieillir ? Non, le temps agit, c'est vrai, de toute façon, quoi qu'on fasse, mais notre passivité ne suffit pas, d'autant que l'Histoire et notre histoire sont un changement perpétuel, qu'une évolution a lieu, évolution trop longtemps niée par les “Autorités”, nous ne nous baignons jamais deux fois dans le même fleuve. Dans *le Poète*, Kim Sakkat se révolte contre l'injustice (payer pour les – prétendues – fautes de son grand-père), il doit surmonter cette épreuve pour traverser une première réalité et atteindre la poésie, mais le statut de poète devient un nouveau piège, le succès va l'égarer, il lui faut, pour traverser un nouvel écran, se libérer de la vanité, et au terme de son voyage se libérer même des mots, atteindre le silence au point qu'il ne se distinguera plus de la Nature, qu'il ne fera plus qu'Un avec le Tout. Kojuk s'est libéré, Kim Sakkat s'est réalisé.

La grande réussite de Yi Munyol est d'avoir accordé la même importance à chaque stade, le même degré de réalité à chaque étape de la lutte, dans cette guerre d'indépendance et de libération qu'est la vie.

Alors qu'en Occident les artistes sont plus souvent des innovateurs que des créateurs, des adorateurs de l'Art (pour l'Art), des prêtres du verbe, des iconolâtres, des jongleurs de formes et de mots, lui, Yi Munyol, nous met, se met, en garde contre le culte des idoles, même quand ce sont des chefs-d'œuvre, ces "chefs-d'œuvre" qui ne sont pas le but ultime mais le moyen de se dépasser. Chaque œuvre de Yi Munyol, autant que j'en puisse juger à travers ce que nous en connaissons, et c'est fort peu encore, m'apparaît non comme une variation sur le même thème, la fameuse "petite musique" de l'artiste, cette touche personnelle qui permet de le reconnaître et qui flatte tant son ego, mais comme une marche pour se hausser d'un niveau à l'autre, élargir sa vision du monde, progresser dans la connaissance.

Alors que beaucoup d'écrivains nous pondent un livre chaque année en rivalisant de brio comme un couturier avec sa collection, Yi Munyol ne montre aucune originalité particulière dans son style, sa technique, sa conduite du récit, et c'est grâce justement à cette ascèse, à cette économie de moyens, à ce refus de se distinguer à tout prix, qu'il a gagné une place unique dans la littérature contemporaine, que son œuvre ne ressemble à aucune autre et qu'il touche à l'essentiel. Je ne serais pas surpris que son rêve secret fût non de produire jusqu'à un âge avancé une œuvre abondante, mais d'atteindre un jour un seuil au-delà duquel il n'aura plus besoin de s'exprimer.

TABLE

BABEL

Catalogue

1. JACQUES AUDIBERTI
La Fin du monde

2. ANDRÉ BAILLON
Perce-Oreille du Luxembourg

3. MICHEL DE GHELDERODE
Barabbas / Escurial

4. MARIE GEVERS
La Comtesse des Digues

5. JEAN HUGO
Le Regard de la mémoire

6. TORGNY LINDGREN
Bethsabée

7. MAURICE MAETERLINCK
L'Oiseau bleu

8. PIERRE MERTENS
Terre d'asile

9. PAUL NIZON
L'Année de l'amour

10. JEAN RAY
Le Grand Nocturne, les Cercles de l'épouvante

11. GEORGES RODENBACH
Bruges-la-Morte

12. GEORGES SIMENON
Le Bourgmestre de Furnes

13. GEORGES SIMENON
Pedigree

14. HUBERT NYSSEN
Eléonore à Dresde

15. BAPTISTE-MARREY
Les Papiers de Walter Jonas

16. FERNAND CROMMELYNCK
Tripes d'or

17. MARCEL THIRY
Nouvelles du grand possible

18. CARL-HENNING WIJKMARK
La Draisine

19. MADELEINE BOURDOUXHE
La Femme de Gilles

20. JACQUES CHESSEX
Portrait des Vaudois

21. RAYMOND JEAN
L'Or et la Soie

22. NINA BERBEROVA
C'est moi qui souligne

23. JACQUES MERCANTON
Le Soleil ni la mort

24. CILETTE OFAIRE
L'Ismé

25. RAMÓN SENDER
Requiem pour un paysan espagnol

26. EDUARD VON KEYSERLING
Altesses

27. ALEXIS CURVERS
Tempo di Roma

28. ROBERT PENN WARREN
Un endroit où aller

29. HERMANN BURGER
Diabelli

30. CAMILLE LEMONNIER
Un mâle

31. MULTATULI
Max Havelaar

32. PAUL AUSTER
Trilogie new-yorkaise

33. PLINIO MARTINI
Requiem pour tante Domenica

34. FÉDOR DOSTOÏEVSKI
Le Joueur

35. HONORÉ DE BALZAC
Une ténébreuse affaire

36. CHARLES PLISNIER
Faux passeports

37. BOYER D'ARGENS
Thérèse philosophe

38. HENRI MENDRAS
La Fin des paysans

39. FREDERIC PROKOSCH
Un chant d'amour

40. FÉDOR DOSTOÏEVSKI
Les Carnets du sous-sol

41. PAUL AUSTER
L'Invention de la solitude

42. JACK LONDON

La Peste écarlate

43. FÉDOR DOSTOÏEVSKI
Les Nuits blanches

44. MARLEN HAUSHOFER
Le Mur invisible

45. TORGNY LINDGREN
Le Chemin du serpent

46. ANATOLE FRANCE
Crainquebille

47. MARIE-CLAIRE DEWARRAT
Carême

48. PAUL NIZON
Stolz

49. JULIEN BENDA
Le Rapport d'Uriel

50. AMADOU HAMPÂTÉ BÂ
Amkoullel, l'enfant peul

51. ANTON TCHEKHOV
La Cerisaie

52. ABÉLARD
Lamentations / Histoire de mes malheurs / Correspondance avec Héloïse

53. J.-K. HUYSMANS
A rebours

54. HENRY BAUCHAU
Œdipe sur la route

55. ÉMILE ZOLA
La Bête humaine

56. GÖRAN TUNSTRÖM
L'Oratorio de Noël

57. FÉDOR DOSTOÏEVSKI
La Douce

58. VICTOR HUGO
Ecrits sur la peine de mort

59. PAUL GADENNE
Baleine / L'Intellectuel dans le jardin / Bal à Espelette

60. PAUL AUSTER
Le Voyage d'Anna Blume

61. JOHN CLELAND
Fanny Hill, la fille de joie

62. NINA BERBEROVA
Récits de l'exil, t. I.

63. ALEXANDER LERNET-HOLENIA
Le Baron Bagge

64. CORINNA BILLE
Juliette éternelle

65. ELENA PONIATOWSKA
Cher Diego, Quiela t'embrasse

66. HORST KRÜGER
Un bon Allemand

67. AUGUST STRINDBERG
Petit catéchisme à l'usage de la classe inférieure

68. PAUL AUSTER
Moon Palace

69. ANTON TCHEKHOV
Les Trois Sœurs

70. ROBERT LOUIS STEVENSON
L'Ile au trésor

71. FÉDOR DOSTOÏEVSKI
L'idiot, vol. I (Livres 1 et 2)

72. FÉDOR DOSTOÏEVSKI
L'Idiot, vol. II (Livres 3 et 4)

73. FÉDOR DOSTOÏEVSKI
L'Idiot, vol. III (roman préparatoire)

74. CHARLES PÉGUY
De Jean Coste

75. *
Le Portier des chartreux

UNE SÉRIE A NE PAS MANQUER
DANS LA COLLECTION DE POCHE BABEL

L'ŒUVRE COMPLÈTE DE DOSTOÏEVSKI RETRADUITE
PAR ANDRÉ MARKOWICZ

Dostoïevski – tel qu'on le lisait jusqu'ici en traduction – paraît avoir écrit comme un romancier français du XIXe siècle. "Les traducteurs, écrit André Markowicz, ont toujours *amélioré* son texte, ont toujours voulu le ramener vers une norme française. C'était, je crois, un contresens, peut-être indispensable dans un premier temps pour faire accepter un auteur, mais inutile aujourd'hui, s'agissant d'un écrivain qui fait de la haine de l'*élégance* une doctrine de renaissance du peuple russe." Le pari d'André Markowicz est donc de restituer au romancier russe, dans cette intégrale, sa véritable voix, celle d'un possédé dont la langue est à l'image de sa démesure et de sa passion.

Déjà parus :
Le Joueur
Les Carnets du sous-sol
Polzounkov
(hors commerce)
Les Nuits blanches
La Douce
A paraître prochainement :
L'Idiot
Notes d'hiver sur impressions d'été
Un cœur faible
Les Démons
La Femme d'un autre et le mari sous le lit

Ouvrage réalisé
par les Ateliers graphiques Actes Sud.
Achevé d'imprimer
en mai 1993
dans les ateliers de la S.E.P.C.
à Saint-Amand-Montrond (Cher)
sur papier des
Papeteries de Navarre
pour le compte des
éditions ACTES SUD
Le Méjan
13200 Arles.

N° d'éditeur : 1385
Dépôt légal
1re édition : juin 1993
N° impr. 1466